à vos risques et périls

© ÉDITIONS THIERRY MAGNIER, 2007
ISBN : 978-2-84420-581-0

Loi n° 49-956 du 16 juillet 1949 sur les publications destinées à la jeunesse
Maquette : Bärbel Müllbacher

à vos risques et périls

Pascale Maret

Roman

Illustration de couverture
de Claude Cachin

EDITIONS
THIERRY
MAGNIER

Après avoir enseigné la littérature française dans plusieurs pays lointains, Pascale Maret se consacre désormais à l'écriture. Les histoires qu'elle imagine font une large place à l'aventure et s'inspirent le plus souvent des lieux où elle a vécu et voyagé.

Clones en stock, éd. Milan, 2001.
Esclave!, éd. Milan, 2003.
Sur l'Orénoque, éd. Thierry Magnier, 2005.
Une année douce amère, éd. Thierry Magnier, 2006.

À mon coéquipier.

Épisode 1
(7 juillet 2006)

Ça a commencé très fort. Ils étaient tous les six assis sagement dans l'hélico en train de bavarder pour faire connaissance, et l'ambiance était plutôt détendue.

Et puis Fabrice, le chef de mission, leur a annoncé qu'au lieu de se poser, l'hélico allait rester en vol stationnaire au-dessus de la plage et qu'il leur faudrait se glisser à terre le long d'un filin. Ça a jeté un froid, surtout chez les filles. Vanessa, celle qui est super jolie, a ouvert tout grands ses yeux bleus.

– De pas trop haut quand même, j'espère ? elle a demandé.

– Une quinzaine de mètres.

Elle n'a rien ajouté. On voyait qu'elle essayait de se représenter ce que ça fait, quinze mètres.

La grande Black qui a un prénom ringard… Georgette, non, Bernadette, a légèrement crispé les mâchoires, c'est tout. Celle-là, on sent qu'elle est du genre « plutôt crever que faire moins bien que les mecs ». En revanche, la troisième fille a visiblement pâli. Faut dire qu'elle est un peu ronde, et qu'elle n'a pas l'air très sportive. C'est aussi la moins jolie des trois, et ses parents n'ont pas forcément été bien inspirés de l'appeler Aphrodite, parce que Aphrodite c'est la déesse de l'amour, de la beauté, ou un truc du genre, non ? En tout cas, l'idée du filin ne lui plaisait pas des masses, c'était évident.

Les garçons, de leur côté, ont pris la nouvelle avec l'air blasé de gars qui en ont vu d'autres. Mickaël, le rugbyman, a même essayé de plaisanter avec Charles de Machinchose, mais l'autre avait son air concentré de premier de la classe et, au lieu de répondre à ce brave Mickaël, il a demandé quelques précisions techniques à Fabrice : « De combien de minutes disposerons-nous pour l'opération ? Y a-t-il un ordre préétabli pour quitter l'appareil ? », etc. Charles, c'est l'intello de la bande, ça se voit tout de suite. Les autres vont vite le trouver pénible, avec sa chemisette et son short kaki bien repassés. Le dernier du groupe, celui qui se fait appeler Sam, le regarde déjà d'un sale œil. Sam, qui se nomme en réalité Samir, c'est le Rebeu de service. Il cultive le style racaille et paraît vouloir jouer les durs. Il n'a presque pas ouvert la bouche pour le moment et garde un air buté quand les autres lui parlent. À part ça, plutôt beau gosse, si on aime le genre basané, bien sûr.

La sortie de l'hélico a été une sacrée partie de rigolade. Il y a d'abord eu une discussion interminable pour savoir dans quel ordre ils descendraient. Charles de Machinchose voulait se sacrifier pour y aller en premier, afin d'indiquer aux autres la meilleure façon de s'y prendre. Sur ce, la Black a décrété qu'elle était super forte pour grimper à la corde et qu'elle ferait mieux de passer la première. Charles a fait remarquer qu'il s'agissait ici de descendre et non de grimper, mais les autres ont plutôt soutenu la fille. Il a fini par céder et a pris son ton le plus galant pour dire : « Eh bien alors, honneur aux dames », ce qui n'a pas eu l'air de trop plaire à Bernadette. Enfin ils ont réussi à se mettre d'accord sur un ordre : Bernadette, Charles, Aphrodite, Mickaël, Vanessa et pour finir Samir. Et puis il a fallu y aller.

Avec le bruit de l'hélico et des vagues, le vent, le filin qui se balançait, le vide en contrebas, ça n'était pas si évident. La Black a prouvé qu'elle n'avait pas froid aux yeux en empoignant la corde d'une main ferme et en se laissant aller hors de l'appareil sans hésiter. Si elle avait peur, ça ne s'est pas vu. Après ça, Charles se devait d'être à la hauteur. Il a vérifié que le câble de sécurité était bien en place et s'est efforcé de montrer autant d'aisance que la fille : c'était pas trop mal, mais moins bien. Ensuite venait le tour d'Aphrodite. Alors là, ça n'a pas été tout seul ; malgré l'aide de Mickaël et les encouragements de Vanessa, elle n'arrivait pas à se décider. On voyait qu'elle tâchait de contrôler sa peur. Quand Sam lui a balancé une remarque énervée, elle a failli se mettre à pleurer. Finalement, plus ou moins poussée par les trois autres, elle a réussi à sortir de l'appareil et s'est retrouvée accrochée à la corde. Elle est descendue maladroitement et a lâché prise un peu trop tôt, si bien qu'elle est à moitié tombée sur Charles qui tentait de la récupérer. Elle a roulé par terre, c'était marrant. Charles l'a aidée à se relever et à détacher le câble de sécurité, elle était très rouge et couverte de sable. Plantée à côté, Bernadette observait la scène d'un air assez agacé.

Puis Mickaël est descendu sans problème et Sam est resté seul avec Vanessa, ce qui apparemment n'était pas pour lui déplaire. On ne peut pas dire qu'il en ait vraiment profité, mais il a pris son temps pour l'aider à se préparer, vérifiant plusieurs fois l'attache du câble, et faisant montre d'une prévenance inattendue. Vanessa le fait craquer, c'est clair, et c'est bien compréhensible : cette fille est vraiment canon. De longs cheveux blonds, une silhouette parfaite et un joli minois : une fille de rêve ! Les deux autres garçons, en bas, avaient l'air de réaliser quelle opportunité ils venaient de laisser filer, parce qu'ils se sont mis à crier qu'il fallait se dépêcher, que l'hélico allait repartir. Vanessa s'est un peu empêtrée au début mais ne s'en est pas trop mal tirée. Sam est descendu aussitôt après. Il s'est laissé glisser si vite qu'il s'est brûlé les mains, même s'il n'a pas voulu le reconnaître.

Ils se sont regroupés tous les six près des caisses qu'un bateau avait déposées la veille sur la plage. L'hélico s'est éloigné. Ils ont agité les bras, et sont devenus petits, de plus en plus petits, six points noirs sur une étroite bande de sable blanc, au bord d'une île paumée de l'océan Indien.

Aphrodite (1)

Ça commence bien, vraiment ! Avant même de poser le pied sur l'île, je me ridiculise ! La grosse s'étale sur la plage à l'arrivée, écrasant à moitié son équipier. Et ce con de cameraman qui s'est empressé de filmer bien sûr. Bon, ce sera la scène comique du jour. De toute façon, j'ai l'habitude : la fille « un peu ronde » qui fait rire, c'est mon emploi, comme dirait cette chère Laroche. « Aphrodite sera parfaite dans le rôle de Dorine, non ? Aphrodite, avec ton sens du comique, c'est un rôle pour toi ! Gna, gna, gna… » Sauf que moi, des fois, j'aimerais aussi jouer Marianne, Chimène, ou Juliette, au lieu de toujours me taper d'incarner la suivante, la servante, ou la nourrice. Je croyais que le théâtre, c'était l'occasion de se glisser dans la peau d'un autre, mais voilà, je n'ai pas le gabarit qu'il faut pour me glisser dans la peau d'une jeune première amoureuse, pas plus que dans les 36-38 des marques. Pourtant je dois reconnaître que c'est sur une scène de théâtre que je me sens le mieux. Et que Laroche est une bonne prof, qui m'a fait énormément progresser et qui m'a toujours encouragée.

J'aurais peut-être dû l'écouter, d'ailleurs, et ne pas venir ici. C'est franchement tocard, c'est sûr. Papa pense que ça peut être bien pour moi, que ça me donnera de la « visibilité », comme il dit, ce qui est indispensable dans le milieu du spectacle. C'est lui qui m'a poussée à m'inscrire au casting, en me disant que je n'avais qu'à considérer ça comme un rôle. Et je suis sûre, quoi qu'il en dise, qu'il a fait appel à ses contacts chez Grave Productions pour que je sois prise. Sinon, je ne vois vraiment pas pourquoi on m'aurait choisie, moi, parmi des milliers de candidates. À côté de Vanessa, j'ai l'air d'un boudin, c'est sûr. Et Bernadette, elle est peut-être moins jolie de visage, mais elle est taillée comme une championne d'athlétisme. Je sens que je vais éviter au maximum le maillot de bain.

Bon, je m'en tiendrai à mon rôle de grosse fille marrante. C'est un bon créneau et, comme dit papa, il faut que j'exploite mon physique pas stéréotypé. N'empêche que lui, quand il s'est remarié, il y a plutôt tapé en plein, dans le stéréotype : Sophie, c'est taille 38, dix ans de moins que lui, et le look magazine féminin. Maman fait évidemment plus défraîchie.

Il y a au moins un point positif, c'est qu'en venant ici j'aurai échappé aux vacances avec eux. La Baule avec papa et Sophie, qui me refilent les deux nains la moitié du temps pour pouvoir sortir un peu « en amoureux », c'est-à-dire qu'ils vont dans un bon restau pendant que je trimballe les plateaux-télé devant *Shrek 2*, ça va bien, merci ! Et le mois d'août chez mamie, avec maman et l'une ou l'autre de ses copines divorcées qui passent leur temps à comparer les turpitudes de leur ex et les mérites de leur psy, c'est pas terrible non plus. Alors finalement, je suis plutôt mieux ici ; même si ma prestation ne m'est d'aucun secours en tant qu'apprentie comédienne, c'est exotique, il y a la mer et les cocotiers, et des gens de mon âge.

Enfin ça, c'est peut-être pas un plus. Les deux filles me regardent déjà de haut, l'une parce que je ne suis pas top model, l'autre parce que je ne suis pas médaille d'or aux JO. Et les garçons… les garçons bien sûr, ils regardent les deux autres filles, pas moi. Ils sont déjà tous les trois sous le charme de Vanessa, c'est évident. Ça risque d'ailleurs de semer la zizanie et de tout faire capoter. Quoique la peur de perdre leurs dix mille euros suffira peut-être à les obliger à rester bons amis jusqu'à la fin. On verra. De toute façon, moi je m'en fiche un peu, de ces dix mille euros, la thune, c'est pas mon principal problème. Et je m'en fiche encore plus, de ces trois thons. Enfin, Mickaël est gentil… c'est pas mon style, mais il est gentil. Par contre, les deux autres… entre Charles « Chasse, pêche, tradition » et l'autre racaille, je sais pas lequel est le pire… Si, je sais : Sam. Quel mec désagréable ! Il aurait mieux fait de m'aider, ou au moins de se taire, au lieu de se foutre de moi. C'était vraiment pas malin, sa remarque. Il a rien compris à l'esprit de la mission, celui-là.

Bon, ça y est, l'hélico a disparu. Il n'y a plus que nous maintenant. Et l'équipe de tournage, bien sûr. Allez, c'est parti ! Je prends mon ton le plus enjoué et je lance :

– Qu'est-ce qu'on fait ? On commence par ouvrir les caisses ?

Un aperçu géopolitique
de Sondali

L'île de Sondali dresse ses reliefs tourmentés à l'endroit précis où se croisent sur la mappemonde le dixième parallèle et le quatre-vingt-dixième méridien. Avec ses plages de sable blanc sur lesquelles viennent rouler les vagues de l'océan Indien, sa végétation luxuriante arrosée par la mousson, et les cascades limpides qui surgissent de son cœur rocheux, elle aurait tout pour figurer dans le catalogue d'une agence de voyages, parmi les multiples avatars du paradis terrestre accessibles au commun des mortels en échange d'un mois de SMIC.

Mais Sondali ne dispose ni d'un aéroport international ni d'un hôtel. Malgré ses dimensions respectables, quatre-vingt-dix kilomètres de long sur soixante-trois de large, Sondali est une île déserte. Ainsi en a décidé le gouvernement du Yankong qui, depuis le continent distant de plus de cinq cents kilomètres, administre ce morceau de patrie égaré en mer. À la suite de tensions diplomatiques avec le puissant et dangereux pays voisin dont le territoire englobe l'archipel des Kadan, Sondali a été décrétée en 1973 zone militaire par la junte au pouvoir. Les paisibles villages de pêcheurs qui s'égrenaient sur son littoral ont été rasés et leurs habitants déportés sur le continent. Une base militaire dotée d'un héliport, de quelques casemates et de baraquements abritant une centaine de soldats a été érigée à la pointe nord de l'île, sur un promontoire rocheux d'où l'on peut apercevoir, au loin, les îles Kadan et le va-et-vient des avions de ligne qui y déposent leurs cargaisons de touristes en mal de rêve tropical.

Consciente du manque à gagner considérable qu'entraîne pour le Yankong, qui aurait pourtant bien besoin d'un apport de devises, le refus d'ouvrir Sondali à l'exploitation touristique, la junte militaire s'est décidée à répondre favorablement à la proposition de Grave Productions, qui cherchait à louer pour deux mois une portion de territoire vierge et raisonnablement hostile afin d'y tourner en toute tranquillité les douze épisodes de sa nouvelle émission « À vos risques et périls ».

À vrai dire, la petite fortune versée par Grave Productions en échange du droit d'évoluer pendant huit semaines dans le cadre sauvage de Sondali a atterri non dans les caisses de l'État yankongais, mais directement dans les poches du général Maung, chef de la junte et « père de la nation », mais père avant tout de deux grands fils étudiants à Columbia University, USA, dont l'entretien lui coûte très cher. Car, depuis le coup d'État de 1969, qui mit fin à l'éphémère gouvernement démocratique du président Lin, tous les dirigeants du pays ont partagé le même penchant pour la corruption, l'autoritarisme et le mépris du bien public.

L'opposition, qui tentait de se rallier autour du fils du président Lin, a été décimée. Lin est mort en prison, d'une maladie aussi foudroyante que mystérieuse, son fils contraint à l'exil, et les défenseurs de la démocratie pourchassés impitoyablement. De rares rebelles qui se font appeler « les Flambeaux » poursuivent encore la lutte dans la clandestinité. Mais le pouvoir en place est fort, grâce à son armée nombreuse dotée de matériel chinois et grâce aux contacts diplomatiques et commerciaux qu'il a réussi à maintenir avec les pays occidentaux. La location de Sondali à une société française de production afin d'y tourner une émission de type « télé-réalité » entre tout à fait dans cette logique d'échanges commerciaux.

Premiers pas du
Commando Hibiscus

Les caisses ont été désossées, non sans mal, et leur contenu étalé sur le sable : hamacs, moustiquaires, popotes, machettes, boîtes de conserve. Sam, qui ne s'est guère agité jusque-là, observe les provisions entassées à ses pieds.

– Merde ! C'est quoi, cette espèce de pâté ? Y a que ça, et puis du riz !

– Ne t'inquiète pas, ce n'est pas du porc, c'est du corned-beef… regarde ! s'interpose Charles en saisissant une des boîtes. Ce n'est pas très bon, mais c'est nourrissant, c'est la nourriture de base des milit…

– Quoi, « c'est pas du porc » ? J'en ai rien à foutre que ça soit du porc ou pas du porc ! J'suis pas un bon musulman, ça te dérange pas, j'espère ?

Un cameraman s'est approché et filme avec soin ce début d'altercation. Charles lui jette un coup d'œil furtif avant de répondre :

– Excuse-moi, je ne voulais pas te blesser. Chacun est libre de ses choix religieux ou philosophiques, n'est-ce pas, du moment qu'il respecte ceux des autres. De toute façon, si on veut avoir une chance de gagner, on doit se montrer tolérants entre nous, tu ne crois pas ?

– Charles a raison, Sam, intervient Vanessa. Sois pas agressif comme ça… on doit se serrer les coudes, tu sais, ajoute-t-elle en lui posant une main apaisante sur le bras. On va être une équipe formidable, je suis sûre qu'on peut être les meilleurs si on est bien solidaires… Je pense à un truc… On devrait se trouver un cri de ralliement pour le commando. Vous faites ça au rugby, non, Mickaël ? Beugler une chanson avant le match pour se donner du courage…

– Oui, dit Mickaël, c'est le cri de guerre. Dans mon club, c'est…

– Ça me paraît une excellente idée, coupe Charles. Il suffit de trouver un air entraînant et d'inventer quelques paroles.

– Un truc un peu débile mais marrant, s'écrie Vanessa. Vous vous rappelez la chanson *Chihuahua* ?

Et, se déhanchant en mesure, elle se met à fredonner le tube qui a fait vibrer toutes les discothèques quelques étés plus tôt. Le cameraman s'empresse de faire un gros plan sur ses jolies fesses qui se balancent.

– Attendez, suggère Aphrodite à la fin de la prestation de Vanessa, qu'est-ce que vous pensez de ça ?

Pendant que Vanessa se trémoussait, elle a eu le temps de concocter quelques paroles appropriées sur l'air bien connu. Elle se sent sûre de sa voix, aussi se lance-t-elle sans trop hésiter dans une impro-visation :

– « Tous ensemble sur l'île… Hibiscus !
À nos risques et périls… Hibiscus !
On est le Commando… Hibiscus !
Qui mérite le gros lot… Hibiscus ! »

Les autres paraissent impressionnés, et applau-dissent avec enthousiasme.

– C'est super, Aphrodite, la félicite Charles. Je propose que ça devienne le cri de guerre du Com-mando Hibiscus. Tout le monde est d'accord ? Alors on devrait chanter tous ensemble face à la caméra, vous ne croyez pas ? Aphrodite, tu te mets devant, et nous, derrière, on crie en chœur « Hibiscus ».

– Je préfère ne pas me mettre devant, proteste Aphrodite.

– Dites donc, c'est bien beau tout ça, mais il y a peut-être plus urgent, vous croyez pas ?

Tous se retournent vers Bernadette, dont jusque-là on n'a guère entendu la voix. Elle a parlé très fort, crié presque.

– On est pas à la « Star Ac », et votre petite chan-son, ça peut attendre. Il est tard, regardez, il risque de pleuvoir, alors on ferait mieux de se dépêcher de construire un abri si on veut pas passer la nuit trempés !

Les autres lèvent le nez vers le ciel où de gros nuages menaçants se rassemblent en effet.

– C'est vrai, s'écrie Sam. Faut se grouiller ! Ils nous ont prévenus que la pluie, dans ce coin, c'était pas rien ! On pourrait se servir des caisses, non ? Enfin, moi, j'suis pas trop bricoleur…

Charles s'avance alors et déclare avec un sourire modeste :

— Écoutez, si vous êtes d'accord, je veux bien me charger de la construction de l'abri… avec votre aide, bien sûr. Chez les scouts, j'ai eu l'occasion de faire pas mal de cabanes.

— Ah ouais, t'étais chez les scouts, toi ? fait Sam. Alors t'es un bon catho, hein ? C'est pour ça que t'aurais voulu que je sois un bon musulman, mais la religion, mec, c'est pas mon truc. Si tu veux mon avis, la religion…

— Bon, Sam, on discutera religion quand on aura un toit sur la tête, l'interrompt Bernadette. Charles, qu'est-ce que tu proposes, alors ?

Charles prend les choses en main sans se faire prier. Aphrodite et Vanessa, trop heureuses de laisser la direction des opérations à quelqu'un qui paraît avoir passé tous les week-ends de son existence à construire des abris dans la nature, acceptent docilement de se charger des tâches subalternes. Mickaël et Bernadette, pour leur part, se disputent le privilège d'accomplir les travaux de force, tandis que Sam déploie des trésors d'ingéniosité pour tirer au flanc de façon discrète, un art dont il maîtrise particulièrement bien la technique après un an passé à se faire oublier au fond de la classe de seconde 8, au lycée Jean-Jaurès de Valmières-sur-Seine.

— Sam, bouge-toi, merde ! lui lance Bernadette. Viens m'aider à fixer ce tronc !

— Attends, j'arrive, intervient Charles. J'ai trouvé des lianes qui m'ont l'air parfaitement adaptées. Sam, tu devrais plutôt te charger de ramasser du bois sec et de l'amener à l'abri. S'il se met à pleuvoir des trombes, ce sera bien d'avoir de quoi faire une bonne flambée.

Sam (1)

« "Une bonne flambée", pense Sam, "une bonne flambée"… ! Non mais je rêve là… comment il parle, ce bouffon ! Il aurait dû être à Valmières, pendant les émeutes de décembre, quand on a cramé la halle ; il aurait vu ce que c'est "une bonne flambée" ! »

Ah oui, c'était autre chose qu'un petit feu de camp sur la plage. Et la bande de ses potes, c'était pas vraiment le style boy-scout ! Enfin, ses potes… plutôt les potes de Momo, son grand frère, et quelques plus jeunes qui suivaient. Un gars a pété la vitre de la Range Rover avec une barre en fer et a balancé la bouteille d'essence à l'intérieur. Le gros 4 × 4 flambant neuf s'est embrasé en quelques minutes et après… wouff ! Les voitures garées côte à côte sous le marché couvert – une bonne trentaine d'après le journal – ont été avalées l'une après l'autre par l'incendie. Quand le toit de la halle s'est effondré, une énorme explosion d'étincelles a jailli vers le ciel. C'était terrible et magnifique. Si Momo n'avait pas entraîné Sam loin du spectacle, il se serait fait ramasser par les flics, c'est sûr. Mais, pendant les dix jours où des voitures ont brûlé aux quatre coins de

Valmières, les flics n'ont pu coincer personne. Ils savaient pourtant que ça venait des jeunes de la cité du Grand Cadran, mais ils n'avaient pas de preuves. En tout cas, ils n'auraient sûrement pas pensé à chercher Momo parmi les émeutiers. Momo a toujours eu une réputation de type calme et sérieux, au Grand Cadran. Seulement là, il a pété les plombs ; Sam ne le reconnaissait plus. Quinze mois à chercher du boulot en vain, à s'entendre répéter qu'on n'avait pas besoin de lui ni de son BEP de comptabilité, ça l'a rendu enragé.

Sam soupire en ramassant un gros morceau de bois flotté dont la légèreté l'étonne. Ces dix mille euros, ce serait trop de la balle, vraiment ! Il en donnerait la moitié à sa mère, et avec le reste il passerait le permis moto et s'achèterait une petite cylindrée d'occase pour faire le coursier. Parce que les études, c'est mort, ou tout comme. Cette année, entre les émeutes de décembre et la grève anti-CPE du printemps, il n'a pas fichu grand-chose. Les profs ont beau dire qu'il a « des capacités », il en a marre du lycée, alors à quoi bon redoubler sa seconde ? Traîner encore des années à supporter l'ennui des salles de classe, et pour quoi ? Pour s'entendre dire au bout du compte qu'on a un diplôme qui ne vaut rien, ou pas la gueule de l'emploi ? Non, il préfère se débrouiller autrement. Il n'a plus envie de faire ce genre d'efforts et de gober les discours du style « le travail paie toujours ». Tu parles ! Avec Sylvain, Kader et Syé, ils ont travaillé comme des fous pendant des mois pour mettre au point leur numéro, répétant des week-ends entiers à la maison de quartier. Ils ont même pris quelques cours avec la prof de danse moderne du « Club des Arts ». Ils y croyaient, ils se sont donnés à fond, avec l'espoir qu'ils participeraient au moins à la finale du grand challenge « Hip-hop en Seine ». Et puis ils ont été éliminés au deuxième tour : « Manque d'originalité et de musicalité. » Du coup, il a tout laissé tomber, malgré la pression des trois autres, qui parlaient déjà de remettre ça l'an prochain. Merci bien, les coups dans la tronche, il en a pris assez ces temps-ci !

Il y a quand même un truc qui a marché, heureusement, c'est qu'il a été sélectionné pour ce foutu casting. Et ça, c'est quelque chose, sans parler des dix mille euros. D'ici peu toute la France saura qui est Sam. Alors, à côté, les quelques milliers de spectateurs de « Hip-hop en Seine », qu'est-ce que ça représente ?

Un des cameramen s'approche, l'objectif braqué sur lui. Sam, les bras chargés de bois, lui décoche un sourire. Il est beau gosse, il le sait, c'est une des raisons pour lesquelles on l'a choisi. L'autre raison, c'est qu'il leur fallait un Rebeu des cités, il n'est pas dupe. Ils espèrent sans doute qu'il va se friter avec l'autre bouffon à particule, le boy-scout qui se la pète. Mais ils en seront pour leurs frais : il lui faut ces dix mille euros et pour ça il est prêt à faire ami-ami avec toute cette bande de nazes, y compris Charles. Il va même faire le rigolo, tiens, histoire de mettre un peu d'ambiance : l'air affolé, il se précipite vers le chantier.

– Vous avez entendu ces bruits bizarres qui venaient de la forêt ? Comme des grognements… J'ai senti une présence… On n'est pas seuls, je crois…

Charles, qui est en train de fixer des palmes sur le toit, s'interrompt et demande avec un rien d'inquiétude dans la voix :

— Des bruits, quels bruits ?

Sam s'apprête à en rajouter mais Bernadette hausse les épaules.

— Ça va, Sam, tout le monde a vu *Lost* !

Du coup, Charles a l'air de comprendre qu'il s'est fait avoir.

— Non, pas moi, fait-il avec son petit air supérieur. Je ne suis pas trop séries américaines.

« Putain, quand il aura fini de faire l'intello, celui-là », pense Sam. Il a bien envie de l'allumer. Mais il se retient et prend son ton le plus sympa pour s'écrier :

— Trop stylée, la cabane ! Et le hangar à bois, il est où ?

Charles.
Journal de bord (1)

Sondali. Samedi 8 juillet. 6 h 35.

Le soleil n'est pas encore levé et j'y vois tout juste assez clair, mais je ne veux pas tarder davantage car, une fois que les autres seront réveillés, je n'aurai plus la paix nécessaire pour écrire. Comme me l'a dit mon père, tenir un journal de bord me permettra de prendre du recul par rapport à cette expérience et d'en tirer ensuite des enseignements utiles.

Un cameraman s'est précipité sur moi dès qu'il m'a vu sortir de l'abri et il ne m'a pas lâché depuis. On nous a bien recommandé d'ignorer la caméra et de rester naturels, mais à vrai dire cela se révèle assez difficile, pour moi tout du moins. Même cette nuit, on nous a filmés avec du matériel infrarouge et j'ai eu du mal à m'endormir avec cet œil braqué sur nous. Je n'imaginais pas que ce serait aussi gênant.

J'aurais voulu commencer ce journal hier, mais cela n'a pas été possible. Dans l'hélico, cela bougeait trop et je manquais d'intimité, puis, une fois à terre, j'ai été pris par les nombreuses tâches à accomplir.

J'avoue que je ne suis pas mécontent de la cabane construite sous ma direction. Je pense que les autres me sont reconnaissants de les avoir mis à l'abri de la pluie violente qui est tombée une bonne partie de la nuit. Mon expérience a été utile et ils ont admis que sans moi ils se seraient trempés. Mickaël et Bernadette m'ont bien secondé, je dois dire, et Aphrodite et Vanessa ont fait de leur mieux. Seul Samir a montré une mauvaise volonté évidente à coopérer. Je crains qu'il ne soit un frein à la réussite de notre commando. Il s'est montré assez agressif avec moi depuis le début, je crois qu'il supporte mal de voir que les autres me font confiance et sont prêts à suivre mes conseils. J'espère qu'il finira par comprendre ce qu'est l'esprit d'équipe et par

Je dois m'interrompre car Mickaël et Bernadette viennent d'apparaître. Ils ont annoncé hier soir leur intention de faire un jogging et je vais me joindre à eux ; il est important d'entretenir sa forme physique pour pouvoir triompher des épreuves qui nous attendent.

Réunion chez
Grave Productions (1)

Je crois qu'on peut trinquer. Vous avez vu la part d'audience ?… 38,5 % pour le premier épisode, plus de cinq millions de téléspectateurs !… Pas mal, hein ? Le décor n'est pas original, bien sûr, l'île tropicale et ses mystères, on en a un peu fait le tour ces dernières années, mais le casting tient la route, excellent, je suis sûr que ça va marcher d'enfer.

La blonde est vraiment un bon choix, bien roulée, super télégénique, sexy… et encore elle s'est pas mise en maillot de bain pour l'instant. Et la grosse Aphrodite, elle était pas trop, quand elle a atterri sur le cul ? Vous avez vu notre Blackette, le regard de tueuse qu'elle lui a jeté ?… Ben oui, Sandra, j'ai dit « grosse », c'est pas politiquement correct, je sais, mais elle est pas mince quand même. Comme ça on pourra pas nous reprocher d'avoir choisi que des mannequins. Ah non, le casting des filles est parfait, par-fait ! Je le savais depuis le début.

Pour les garçons, j'avais un peu plus de doutes, c'est vrai : entre Mickaël, qui est un peu fade, et les deux autres caricatures, la racaille de banlieue contre l'aristo vieille France, je trouvais que ça faisait un drôle de mélange, mais finalement je pense que ça va bien fonctionner.

Évidemment, ça affaiblit le concept qu'il n'y ait pas d'élimination successive des équipiers. Mais bon, fallait bien se démarquer de « Koh Lanta », hein ? Et puis tous ces coups bas et vacheries, ça a été vu et revu et ça finit par lasser, à force. Nous, au contraire, on va aider les téléspectateurs à reprendre confiance en l'humanité, en leur montrant comment ces petits jeunes se débrouillent pour rester solidaires, hein ? Ha, ha, ha ! J'ai qu'un regret, c'est qu'on devra censurer les scènes trop osées parce qu'ils sont presque tous mineurs. C'est dommage, hein ? Parce qu'avec la petite blonde, ça risque d'être chaud. Autre chose : il faudra dire aux techniciens que le son pourrait être meilleur. Mais je crois qu'on tient un bon filon. Allez, à vos risques et périls, hein !

Aphrodite (2)

Pffffou ! Quelle nuit d'enfer ! Tassés à six dans cette cabane pourrie ! Au début Charles avait prévu deux « chambres », mais vu le déluge, on a eu de la chance de finir à peu près le toit. À peu près, mais pas du côté où je suis, bien sûr ; je me suis mise au bout et j'ai eu une gouttière sur les jambes toute la nuit. Vanessa s'est débrouillée pour se glisser entre Bernadette et moi et c'est Bernadette donc qui s'est retrouvée côté garçons : le pauvre Mickaël qui était allongé près d'elle a eu intérêt à se tenir à carreau parce que, au moindre frôlement, il se serait pris une grosse claque dans la tronche, c'est sûr. On a plutôt mal dormi, en tout cas, entre la promiscuité, les ronflements (c'était Sam, ou alors Charles), la pluie et le sable qui en fait est vachement dur.

Je me redresse, Vanessa soupire dans son sommeil et se retourne ; un peu plus loin, Sam est étalé à plat ventre, la bouche entrouverte. Les trois autres ont disparu. Mes yeux sont attirés par une petite tache de soleil posée sur la nuque de Sam, juste à la racine des cheveux, là où des boucles de duvet frisottent. Soudain une ombre derrière moi me fait

sursauter : un cameraman est là, en train de me filmer. Je rougis comme une sotte et le bouscule un
peu pour sortir de la cabane.

Waouh ! C'est beau, quand même ! On se croirait
dans une pub : la mer, la plage, le soleil, quelques
cocotiers. Et les jeunes sportifs de service qui courent
au bord de l'eau. Mickaël a beau être du style gros
costaud, il a la foulée légère ; Bernadette et Charles
ne le lâchent pas pour autant. Ils sont pareils ces
deux-là, prêts à se faire péter la peau du ventre par
vanité. Bon, ça ne me ferait pas de mal de courir un
peu moi aussi, mais là, c'est même pas la peine que
j'essaie : à côté de trois athlètes comme ça, j'aurais
l'air de quoi ? Je vais plutôt essayer d'aller faire trempette dans un petit coin tranquille, si ce fichu cameraman veut bien me laisser en paix le temps que
j'enfile mon maillot de bain. Je lui fais le signe
convenu pour réclamer un moment d'intimité et
je m'enfonce un peu dans la forêt pour faire pipi
et me changer.

Quand je reviens, Vanessa et Sam sont levés.
Même avec un maxi T-shirt chiffonné et les cheveux
emmêlés, Vanessa arrive à être super belle. Sam lui
raconte je ne sais quoi d'un air indifférent qui ne
trompe personne : il aurait écrit en gros sur le front
« j'te kiffe trop », que ça ne se verrait pas plus. Quand
je m'approche, je vois bien qu'ils n'ont pas spécia-
lement envie de me voir. Eh bien, tant pis pour
eux : je suis là moi aussi, il faudra bien qu'ils me
supportent. Et puis c'est agaçant à la fin : c'est tellement prévisible que le plus beau du groupe (parce
qu'il faut le reconnaître, Sam est sans aucun doute

34

le plus beau des trois) et la plus belle se retrouvent ensemble.

– Salut, vous avez bien dormi ?

Je leur fais un sourire aimable et j'ajoute :

– Vous avez vu le soleil ce matin ?

Vanessa jette un coup d'œil approbateur au paréo que j'ai drapé par-dessus mon maillot. Pas un coup d'œil approbateur et admiratif du genre : « Ce paréo est vraiment très chic, avec son imprimé poissons exotiques », non, plutôt un coup d'œil approbateur et apitoyé du genre : « Dans ton cas, ma grosse, le paréo s'impose en effet. » Rien de tout ça ne transparaît bien sûr dans sa voix lorsqu'elle demande :

– Tu vas te baigner ?

– Oui, je vais essayer d'aller faire trempette avant le p'tit déj'. Vous voulez venir ?

Pourquoi j'ai dit ça ?

– Pas tout de suite, me répond Vanessa, j'ai trop la flemme. Je vais d'abord bronzer un peu.

– Et toi, Sam ?

Mais pourquoi j'insiste ? Évidemment, je me prends un vent. Sam ne me regarde même pas et se contente de grogner un vague non. Le seul point positif dans tout ça, c'est que le cameraman préfère rester avec eux deux et que je peux quitter mon paréo et aller nager loin de tout regard.

Première épreuve

Durant la première journée sur Sondali, la cabane a été agrandie et perfectionnée, les estomacs remplis à l'aide de spaghettis et corned-beef, les corps alternativement chauffés par le soleil et rafraîchis par des bains de mer. Il s'agit en ce deuxième jour de passer aux choses sérieuses. Le temps est venu en effet pour les membres du Commando Hibiscus d'affronter le premier challenge, qui s'intitule : « le squelette éparpillé ». C'est Charles qui lit à haute voix les consignes du défi :

– « Les os du célèbre pirate John Devil, jadis abandonné sur cette île, ont été dispersés. À vous de reconstituer et d'enterrer le squelette du pauvre John, afin que son âme puisse trouver le repos. Votre récompense si vous réussissez en moins de deux heures : du matériel de pêche, du lait apaisant après-soleil, un kilo et demi de merguez et douze canettes de Coca… Et bien sûr la perspective de vous placer en bonne position dans la compétition. » Est-ce que les épreuves sont rigoureusement identiques pour les trois autres commandos ? s'inquiète-t-il.

Mais il n'obtient pas de réponse. Chacun ouvre

alors l'enveloppe qui lui est destinée et qui contient les instructions à suivre. Les garçons n'ont pas l'air trop surpris en découvrant leur mission respective. Mickaël doit plonger par trois mètres de fond dans la crique et en remonter le torse, Sam est chargé d'aller décrocher le crâne suspendu au sommet d'un cocotier et Charles a pour consigne de déterrer une jambe ensevelie sous un éboulis de pierres. Charles et Mickaël intervertiraient bien leurs corvées : Mickaël n'est pas très à l'aise dans l'eau, contrairement à Charles qui a fait plusieurs stages de plongée, en revanche il est nettement mieux taillé pour soulever de lourdes pierres. Malheureusement pour eux, chacun doit s'en tenir à la tâche qui lui a été assignée.

Du côté des filles, c'est carrément la consternation :

— Je ne sais pas pagayer, gémit Vanessa, j'ai jamais fait de canoë, je vais pas y arriver !

La deuxième jambe l'attend en effet sur un îlot situé à plus de cinq cents mètres du rivage.

Aphrodite ne dit rien, mais le pli crispé de sa bouche montre clairement qu'elle n'est guère enchantée à l'idée d'escalader les rochers escarpés qui se dressent à un bout de la plage pour s'emparer d'un bras. C'est cependant Bernadette qui a le plus accusé le choc à la lecture de sa mission : sa peau brune a pris une couleur de cendre et elle a fait quelques pas hésitants qui l'ont conduite à l'écart du groupe. Quand les autres ont fini de commenter et comparer leurs messages, ils finissent par remarquer son air abattu.

— Et toi, Bernadette, c'est quoi ?

Elle s'efforce de parler calmement, mais il y a dans sa voix un chevrotement pathétique.

– Un bras. Au fond d'une fosse.

– Ça ne te posera pas de problème, je suppose. Tu es un as au grimper de corde, non ? lance Charles avec un rien de provocation.

– Une fosse pleine de… serpents, ajoute Bernadette.

Elle a lâché le dernier mot avec regret et dégoût, comme s'il s'agissait de libérer un de ces affreux reptiles.

– Ne t'inquiète pas, intervient Charles. Ce sont des serpents inoffensifs, sans aucun doute. La production ne te ferait jamais courir un véritable risque. Tu n'as pas à…

– Je sais, le coupe brutalement Bernadette. Je ne suis pas idiote ! Mais j'ai horreur des serpents, c'est une phobie, quoi, c'est plus fort que moi ! Je… je ne vais pas pouvoir, je suis désolée !

Dans le brouhaha qui s'ensuit, Mickaël a du mal à se faire entendre. À force d'insistance, il finit quand même par énoncer sa proposition :

– Heu, je sais qu'on n'a pas le droit d'accomplir la mission à la place d'un autre, ni même de l'aider, mais rien n'empêche d'être avec lui, non ? Juste être à ses côtés, sans rien faire. Moi, les serpents, je ne les crains pas du tout… Qu'est-ce que tu en penses, Bernadette ? Si je descends avec toi, tu crois que tu pourras y arriver ?

Les autres le regardent, surpris ; c'est la première fois que Mickaël se fait remarquer. Un petit sourire reconnaissant vient adoucir le visage de Bernadette.

– Merci Mickaël, je vais essayer.

Les deux cameramen, qui n'ont rien laissé échapper, doivent interrompre la prise de vue, le temps qu'un grave débat se déroule hors champ entre Fabrice, le présentateur de l'émission, et des représentants de Grave Productions pour décider si la proposition de Mickaël est acceptable. On lui accorde finalement le droit d'accompagner Bernadette, une fois sa propre tâche accomplie, et le tournage peut reprendre, afin d'immortaliser les exploits de nos héros.

Sam (2)

« Bon, à l'aise, pense Sam. Grimper sur un cocotier, je dois pouvoir y arriver. » En tout cas, c'est mieux que de descendre au milieu des serpents. Il n'aimerait pas être à la place de Bernadette. Lui aussi, les serpents ça lui file la chair de poule, au point qu'il croit bien qu'il se serait dégonflé. Bernadette a du cran, quand même, pour une fille, il le reconnaît.

Pour l'instant, il la voit qui fait les cent pas sur la plage, tandis qu'au bord de l'eau Mickaël enfile des palmes et un masque. Un peu plus loin sur la mer, Vanessa se débat avec sa pagaie et le canoë zigzague lamentablement, secoué par les vagues. De là où il est, Sam ne peut apercevoir ni Aphrodite, qui est partie en trottinant vers ses rochers, ni Charles, qu'il imagine en train de suer sang et eau pour déblayer un tas de gros cailloux. Cette vision le fait ricaner. Bon, faut y aller, même si le délai de deux heures accordé au groupe est ridiculement long pour ce qu'il a à faire. Il sourit à la caméra, empoigne le tronc du cocotier et entreprend de grimper. Ce n'est pas si facile que ça : deux fois il lâche prise et n'évite la chute que grâce au filin de sécurité.

Le tronc rugueux lui écorche les mains, les pieds et l'intérieur des jambes, mais il parvient enfin au sommet, juste sous l'attache des palmes. Accroché au milieu des noix de coco, le crâne tourne ses orbites vides vers le large. Sam suit la direction de ce regard mort : de son perchoir il distingue très bien Mickaël qui remonte à la surface et réajuste son tuba. Il est visiblement bredouille pour l'instant. Il plonge à nouveau et Sam compte les secondes : … trente-cinq, trente-six, trente-sept, ça y est, Mickaël réapparaît et cette fois il tient contre lui une espèce de cage blanche qui semble l'embarrasser beaucoup. D'une main il soulève son masque qui a dû prendre l'eau, de l'autre il essaie de se maintenir à flot sans lâcher le squelette. À côté de lui, le Zodiac se balance mollement, avec à son bord le cameraman qui filme ses efforts maladroits. Plus au large, l'hélico tourne au-dessus du canoë de Vanessa, proche à présent de l'îlot rocheux où elle doit aborder. La pauvre, elle n'est pas au bout de ses peines ! Sam sent un flux chaud lui courir dans les veines à la pensée de Vanessa, mais ce n'est pas le moment de laisser divaguer son esprit. Il ramène son regard vers le crâne et s'efforce de le décrocher. D'une seule main, ce n'est pas commode, mais il finit par y arriver et brandit triomphalement son trophée en direction de la caméra levée vers lui. Tenir le crâne d'un mort, ça ne l'impressionne pas. Ça n'a plus aucun rapport avec un visage humain, ce n'est qu'une caricature somme toute familière. Il a beau se dire qu'un jour un souffle est passé à travers ces narines, que des larmes ont coulé de ces orbites béantes, que des lèvres recouvraient ce rictus jaunâtre, il n'y croit pas. Ça ne lui évoque en fait que le drapeau des pirates.

Au moment de redescendre, il s'aperçoit qu'il aurait dû prendre un sac. Quel crétin ! Comme d'habitude, il s'est précipité sans réfléchir. Il est impatient et imprévoyant, ce sont des défauts dont il a conscience. Pourtant il ne peut pas ou ne veut pas s'en débarrasser : ceux qui se harnachent de mille précautions en prévision des aléas de l'existence la traversent d'un pas lourd et sans joie. Lui, il préfère voyager léger. Et tant pis pour les fois où il trébuche. Là, en l'occurrence, il trébuche : le crâne lui échappe et s'écrase sur le sable avec un bruit sec. Quand Sam arrive en bas, il constate que la mâchoire inférieure s'est détachée et brisée en deux. Bon, ce n'est quand même pas trop grave. Il place le crâne près de son visage et singe son regard exorbité pour le bénéfice de la caméra. Puis il se lance dans une petite exhibition de break dance, histoire de montrer un peu ce qu'il sait faire. Il faut bien leur en donner pour leur argent, n'est-ce pas ? En tout cas, lui, il a fait sa part, il n'a plus qu'à aller voir où en sont les autres.

Charles.
Journal de bord (2)

Sondali. Dimanche 9 juillet. 20 h 45.

J'ai un peu de mal à tenir le stylo ce soir après l'épreuve de la journée : j'ai soulevé et manié des dizaines de pierres dont certaines devaient, je pense, peser dans les quinze kilos. Mes doigts sont tout écorchés et je ne sens plus mes bras, mes épaules et mon dos. Cependant la fatigue physique n'est rien à côté de la déception. Nous avons en effet échoué lors de cette première épreuve et je crains que le Commando Hibiscus ne soit bien mal parti pour remporter le défi. Je me moque, évidemment, d'avoir dû ce soir me passer des saucisses et du Coca prévus en cas de réussite (alors que Mickaël, Sam et Bernadette en ont fait une vraie maladie).

Moi, ce qui m'enrage, c'est l'idée d'avoir perdu des points en vue de la victoire finale. Si nous continuons comme ça, nous allons nous ridiculiser. Mais je ne dois pas me décourager ; après tout, les trois autres équipes n'ont peut-être pas fait mieux, quoique Fabrice, l'animateur-présentateur attaché à notre groupe, n'ait rien voulu m'en dire. Il nous reste de toute façon beaucoup d'épreuves pour nous rattraper et j'espère que la suite se passera mieux. Je suis prêt pour ma part à faire mon maximum pour que le Commando Hibiscus décroche la première place. Ce serait trop dur de rentrer à la maison en vaincu. Je n'oserais plus affronter les moqueries de Félix et Paul ; ils me trouvent déjà stupide d'avoir voulu participer à ce jeu qu'ils jugent grotesque et vulgaire, et ils n'ont pas compris que papa me laisse venir. À vrai dire, cela m'a surpris aussi. Il y était très opposé au départ, mais maman a su le convaincre en lui expliquant que j'avais besoin de m'affirmer en dehors du cercle familial. Papa a fini par accepter, à condition que je me comporte de façon exemplaire, et je ne voudrais surtout pas le décevoir, pas plus que notre aumônier qui m'a confié la mission de montrer aux téléspectateurs qu'« il existe encore des jeunes gens chevaleresques, respectueux des autres et désintéressés » (je reprends ses propres mots). Pour être à la hauteur, j'ai pris la décision de laisser mes dix mille euros, si nous gagnons, à l'association « Enfants de l'espoir », à laquelle mes parents versent des dons depuis longtemps. De toute façon, papa aurait refusé de me laisser participer si j'avais eu l'intention de garder l'argent pour moi.

C'est trop râlant d'avoir ainsi raté la première épreuve. Pour ma part, je n'ai pas plaint ma peine et j'ai réussi à déblayer le tas de rochers en un minimum de temps pour récupérer la jambe comme je le devais. En revenant vers le lieu du rassemblement, j'ai fait un crochet pour voir où en était Bernadette et pour l'encourager. Je suis arrivé juste au moment où elle remontait de la fosse par l'échelle de corde, le bras (du squelette) dans la main (la sienne). Mickaël était encore en bas, repoussant négligemment du pied les serpents qui se tortillaient autour de lui. Le torse qu'il avait remonté du fond de l'eau était posé contre un arbre. Il m'a dit qu'il avait dû plonger six fois avant de réussir à l'attraper. Je les ai félicités tous les deux. Je dois avouer que Mickaël a fait preuve d'un bel esprit d'équipe en accompagnant Bernadette dans la fosse. Je l'aurais fait moi aussi volontiers si mon épreuve n'avait pas exigé autant de temps. Quand nous sommes arrivés à l'endroit où nous devions enterrer le squelette, Sam était déjà là, le crâne à la main, en train de faire le pitre devant la caméra. C'est alors que j'ai pris conscience de l'aspect assez sacrilège de ce qu'on nous demandait de faire. D'où sortaient les ossements qui nous servaient de « matériel » pour cette épreuve ? À qui avaient-ils appartenu ? N'avaient-ils pas droit à être traités de façon plus respectueuse et enterrés décemment ?

Ces pensées dérangeantes n'ont pu cependant m'occuper longtemps l'esprit, car il a fallu s'inquiéter des deux membres restants de l'équipe : Vanessa et Aphrodite. J'étais sûr depuis le début que si nous échouions ce serait à cause de l'une d'elles : Vanessa n'avait pas la moindre idée de la façon dont il faut s'y prendre pour pagayer, quant à Aphrodite, c'est un peu le « canard boiteux » de l'équipe, à vrai dire. Jamais je n'aurais imaginé que le problème viendrait en fait de Sam.

En nous approchant du rivage, nous avons vu Vanessa nous faire de grands signes depuis son canoë ; d'un air triomphal, elle nous a montré la jambe qu'elle avait récupérée sur l'îlot, avant de reprendre sa pagaie pour franchir la centaine de mètres qui la séparait encore de la plage. Elle avait fait de grands progrès dans le maniement du canoë. Bernadette a proposé de la laisser finir d'accoster et d'aller voir pendant ce temps ce que devenait Aphrodite. Mickaël et Sam ont cependant préféré rester pour encourager Vanessa et je suis parti seul avec Bernadette. Tout à coup nous avons vu débouler Aphrodite, rouge et essoufflée, mais souriante ; elle avait réussi, non sans peine selon ses dires. Elle nous a même raconté qu'à un moment elle était restée pendue dans le vide à son filin de sécurité « comme un gros saucisson » (je reprends ses propres mots). À sa place, je ne m'en serais pas vanté, je pense. À ce moment-là, j'ai vraiment cru que nous avions réussi.

Nous nous sommes ensuite retrouvés tous les six autour de l'emplacement prévu pour l'enterrement, chacun avec son morceau de squelette, et il nous restait le temps, si nous ne traînions pas, de creuser le trou et d'y ensevelir les ossements selon les instructions. C'est alors que Fabrice, l'animateur, a décrété après avoir examiné le squelette qu'il n'était pas au complet. Nous nous sommes regardés, stupéfaits, puis indignés : comment ça, pas au complet ?

— Désolé, a dit Fabrice, il manque la mâchoire inférieure.

Nous nous sommes tournés vers Sam.

– Ah m…! s'est-il écrié. Ce p… de crâne m'a échappé des mains, et la mâchoire s'est pétée. Je pensais pas que c'était important.

– Et il est où, ce bout de mâchoire ? a hurlé Bernadette.

Je crois bien qu'elle était aussi déçue et furieuse que moi.

– Ben, j'en sais rien. Je l'ai balancé pas loin.

– Mais où ça ? Va la chercher !

Bernadette était hors d'elle. Ses yeux étaient devenus plus noirs que noirs. On est partis vers le cocotier que Sam avait escaladé et on s'est mis à chercher le bout d'os au milieu des débris végétaux et des branches mortes qui jonchaient le sol. Quand Aphrodite l'a retrouvé, il était malheureusement trop tard, le temps imparti pour l'épreuve était presque écoulé et nous avions échoué.

Je dois dire que j'en veux énormément à Sam, même si je me suis contrôlé pour ne pas le montrer, afin de ne pas aggraver le malaise. Bernadette, en revanche, lui a fait une scène déplaisante, sans se rendre compte que les cameramen enregistraient la dispute avec jubilation. Quelle image les téléspectateurs vont-ils avoir du Commando Hibiscus après cet échec ? J'entends d'ici les sarcasmes de Félix et Paul.

Bon, je vais regagner le campement. Peut-être Mickaël aura-t-il réussi à pêcher quelques poissons (car nous avons tout de même eu droit au matériel de pêche, en guise de lot de consolation) et il faudra alors les vider et les faire griller, ce dont je me chargerai car il ne faut, je pense, compter ni sur les filles ni sur Sam pour faire ça. Sinon, on se contentera de riz et de corned-beef, comme d'habitude. L'atmosphère risque d'être des plus moroses et j'espère au moins que ce soir tout le monde sera d'accord pour se coucher tôt. Il faut absolument que nous soyons au mieux de notre forme pour la prochaine épreuve. Je vais tâcher de parler à mes coéquipiers afin de les inciter à garder confiance, à regarder de l'avant et à ne plus commettre de négligences.

Aphrodite (3)

Non, mais quel boulet, ce Charles ! Ça lui a pas suffi hier soir de nous soûler avec son discours de chef scout : « Allez, les p'tits gars ! Un pour tous, tous pour un, aimons-nous les uns les autres, haut les cœurs », etc. Il faut encore qu'il en remette une couche ce matin : « Tu sais, Aphrodite, ça te ferait du bien de venir faire un jogging avec nous, il faut qu'on soigne notre forme, gna, gna, gna… » Comme je l'envoie promener !

— J'ai horreur de courir après rien, je lui dis. Propose plutôt à Sam, comme ça il verra que tu ne lui en veux pas, pour hier.

L'argument fait mouche. Et comme Sam doit tout de même se sentir un peu coupable, il renonce à traînasser sur son drap de bain à côté de Vanessa et rejoint au petit trot le groupe des sportifs. Je le suis des yeux : il est mince et musclé, et les trois jours passés sur la plage lui ont donné une couleur de pain d'épice. À côté de lui, Mickaël a l'air un peu lourdaud et Charles… Bon, Charles est assez bien fichu, mais il est aussi attirant qu'une boîte de thon ! Sam, lui…

C'est vrai, j'aime pas courir, mais c'est vrai aussi que j'avais pas envie de laisser Sam et Vanessa ensemble. Maintenant, c'est Vanessa et moi. Pour faire la conversation, je demande :

— Tu arrives à bien dormir, toi, entassés comme on est ? Moi, j'ai déjà du mal quand je dois partager ma chambre avec quelqu'un, alors là…

Vanessa jette un coup d'œil autour d'elle.

— Je te le dis, mais ne le répète pas : moi, à la maison, il y a ma mère qui dort dans ma chambre, tu vois. Alors j'ai l'habitude de pas avoir trop d'intimité.

— Mais… heu… comment ça se fait ?

— Ben, mon père et elle, ils s'entendent plus, ça fait déjà deux ans. Mais comme ils tiennent le pressing ensemble, ils veulent pas se séparer. Et puis l'appart est juste au-dessus de la boutique, tu comprends, alors ça serait pas pratique de déménager. Mais ils dorment plus ensemble, et ma mère s'est incrustée dans ma chambre.

— Moi, mes parents ont divorcé, je dis pour la réconforter.

— Oh, j'aimerais autant ça : l'ambiance à la maison est tellement pourrie ! Ils s'adressent plus la parole, sauf pour s'engueuler. Heureusement qu'il y a mon petit frère, même s'il est pénible.

Je ne réponds rien, parce qu'un cameraman s'approche. Aussitôt, et sans même en avoir conscience, Vanessa prend la pose et change de ton :

— Ma mère rêve de me voir star, me déclare-t-elle en souriant à la caméra. Elle a gagné plusieurs concours de beauté quand elle était jeune. C'est elle qui m'a poussée à m'inscrire au casting et j'espère qu'elle est contente de me voir. Tiens, je lui envoie un baiser.

Elle dépose un baiser sur le bout de ses doigts avec une petite moue parfaitement insupportable et souffle en direction de la caméra. J'ai soudain très envie qu'elle attrape un coup de soleil sur le nez ou qu'un énorme bouton purulent lui pousse au milieu du front. Je me lève avec brusquerie.

– Je vais essayer de pêcher. J'aurai peut-être plus de chance que Mickaël. Y en a vraiment ras le bol du corned-beef !

– Ça ne t'ennuie pas si je te laisse y aller seule ? me demande Vanessa. Je voudrais faire un peu de lessive.

– Pas de problème.

Tu parles, je n'ai pas la moindre envie qu'elle m'accompagne. Quand je pêche, j'aime avoir la paix. Qu'elle aille faire sa lessive, la petite bonne femme modèle ! Et celle de Sam avec, puisqu'elle le lui a proposé hier soir, si elle croit que j'ai pas remarqué. Il pestait parce qu'il avait taché son T-shirt. « Oh, mais si tu veux, donne-le-moi. Je te le laverai demain avec mes affaires. Gna, gna, gna… » Stop ! Je vais quand même pas être jalouse à l'idée qu'elle lui lave son T-shirt, à ce crétin !… Pourquoi je dis « crétin » ? C'est pas vrai, je le trouve pas crétin. Quand il arrête de se la jouer, on sent bien qu'il est plutôt intéressant au fond. Bon, je vais aller pêcher, ça me changera les idées… C'était tellement bien, les parties de pêche avec grand-père, à La Baule, quand j'étais petite. On partait le matin, on restait des heures à discuter… Comme on s'entendait bien tous les deux ; il me comprenait, lui. Bien mieux que mes parents. Quand on rentrait avec notre pêche, papa nous félicitait distraitement et maman faisait un peu la tête, parce qu'elle n'aime pas le poisson. Sam a dit qu'il adore ça, lui. Si j'en ramène… Ça suffit, j'y vais !

Ébats et débats

Cela fait déjà huit jours que les membres du Commando Hibiscus ont débarqué sur Sondali. Et ça se voit : Charles a attrapé de terribles coups de soleil. Ses avant-bras partent en lambeaux, mais il supporte la douleur stoïquement, bien sûr. Mickaël, Vanessa et Aphrodite ont pris une belle teinte rouge, tandis que, malgré sa peau mate, Sam commence à peler lui aussi, car il n'a pris aucune précaution. Même Bernadette, si l'on regarde bien, est plus sombre qu'à l'arrivée. Cependant les changements survenus au niveau des épidermes ne sont pas les seuls notables : plus en profondeur aussi, la situation a évolué.

Après le fiasco de la première épreuve, les performances du Commando Hibiscus se sont améliorées. Les équipiers se sont donnés à fond lors du second défi et ils s'en sont tirés avec les honneurs. Aphrodite, qui a d'abord failli tout faire échouer en hésitant dix minutes devant le saut de Tarzan, a finalement mené l'équipe à la victoire en trouvant à elle seule la quasi-totalité des titres de films qu'il fallait deviner. Ce succès a valu à l'équipe un bon repas, mais a surtout apaisé les tensions qui menaçaient la cohésion du groupe. On a même pu voir ce soir-là, autour du feu où grillaient saucisses et côtelettes, Mickaël sortir de sa réserve et rire aux éclats, Bernadette prendre un air rêveur, Charles féliciter Sam pour la cuisson des merguez, et Aphrodite tresser les cheveux de Vanessa.

Ce répit a malheureusement été de courte durée : sur le coup de deux heures du matin, Charles, Mickaël et Bernadette ont décidé d'aller se coucher et les trois autres sont restés près du feu mourant. Un silence gêné s'est installé, puis Sam s'est penché vers Vanessa et lui a chuchoté quelques mots à l'oreille.

– On va faire un petit tour sur la plage, Sam et moi, a minaudé Vanessa. Bonne nuit, Aphrodite.

Aphrodite n'a même pas répondu. La rage au cœur, elle a regardé les deux silhouettes s'éloigner et disparaître dans l'obscurité. Elle a presque été tentée de les suivre, mais le cameraman était planté près d'elle, guettant avidement ses réactions, et elle n'avait pas envie de jeter en pâture son cœur meurtri à des millions de téléspectateurs. Elle a dû faire appel à ses talents de comédienne pour masquer ce qu'elle ressentait et partir d'un air dégagé rejoindre la cabane. De toute façon, à quoi bon suivre Sam et Vanessa ? Elle se doutait bien de ce qui allait suivre. Le cameraman aussi, d'ailleurs, et c'est pourquoi il s'est abstenu de partir à leur recherche. Les consignes de Grave Productions sont claires : pas de scènes à caractère ouvertement sexuel, même filmées de loin. Quelques sous-entendus de Fabrice, rajoutés lors de la diffusion de l'épisode, suffiront à exciter l'intérêt du public pour le jeune couple et ses ébats nocturnes, sans pour autant alerter la censure.

Le lendemain matin, Aphrodite a la mine battue et l'humeur chagrine. Quand Sam et Vanessa sont rentrés à la cabane, chassés de la plage par une violente averse, elle ne dormait pas encore et elle a eu ensuite un sommeil agité. Au premier rayon du soleil, elle est partie se réfugier dans la petite crique où elle a pris l'habitude de nager et de pêcher. Pendant ce temps, tout le monde dort encore sous la cabane, et rien ne bouge non plus à bord du yacht où l'équipe de tournage a ses quartiers, à quelques encablures d'une plage voisine.

Quand Aphrodite rejoint le groupe, il est près de midi et le petit campement est en effervescence. Fabrice vient de révéler la nature de l'épreuve suivante : il s'agit de rallier un point situé sur la côte opposée de Sondali, c'est-à-dire au nord-est. Il faudra pour cela franchir 78 kilomètres (à vol d'oiseau) en se frayant un chemin à travers les escarpements couverts de végétation qui occupent l'intérieur de l'île. Pour accomplir cette mission le commando dispose d'une boussole, de six sacs à dos et de six jours.

Charles est très excité à cette perspective : il adore les marches d'orientation. Il a commencé à faire la liste de l'équipement qu'il faut absolument emporter et tente de mobiliser ses troupes.

– Bon, explique-t-il, il faut que chacun réfléchisse bien à ce qu'il veut prendre. Tout doit être prêt ce soir, pour que nous puissions partir très tôt demain. Je pense qu'il faut se limiter au minimum en ce qui concerne les vêtements, et garder de la place pour la nourriture.

Vanessa fait la moue, elle n'a pas envie de laisser derrière elle une partie de sa garde-robe.

– Ça va, on n'est pas idiots, grogne Bernadette. Personne n'a envie de traîner un sac de quinze kilos !

Charles ne relève pas et il continue :

– Il y a un problème dont on doit discuter. J'ai fait l'inventaire des provisions et ça va vraiment être juste pour six jours. Je vous avais bien dit pourtant qu'il fallait se rationner. Mais certains n'en ont pas tenu compte. Par exemple, Bernadette a mangé presque tous les biscuits hier soir alors qu'on avait dit qu'on n'ouvrait pas la boîte. Et il ne reste qu'un paquet de riz.

Mickaël réagit aussitôt :

– Écoute, mon vieux, si c'est moi que tu vises, dis-le franchement ! Je suis désolé, mais j'ai pas le même gabarit que toi, j'ai besoin de portions copieuses. Et pour les biscuits, c'est n'importe quoi d'accuser Bernadette ; j'en ai pris, et Sam et Aphrodite aussi.

Les autres sont surpris d'entendre la note d'agressivité qui perce dans sa voix. Jusqu'à présent, Mickaël a été le seul à se montrer toujours d'humeur égale. Il s'est tenu à l'écart des petites querelles qui ont pu opposer les uns ou les autres et a traité tous ses coéquipiers avec la même amabilité un peu distante. Les téléspectateurs, à l'issue de cette première semaine, lui ont d'ailleurs massivement décerné la « noix de coco du meilleur compagnon » (tandis que Sam recevait « la palme du tire-au-flanc », Charles le « bâton de leader » et Vanessa « l'étoile de la télégénie »).

— Ça n'avance à rien de se prendre la tête à propos de la bouffe qu'on n'a plus, coupe Bernadette. Il vaut mieux essayer de se procurer d'autres provisions.

— OK, qui vient avec moi faire un tour à la supérette ? lance Sam.

Sa plaisanterie tombe à plat.

— Moi, je veux bien retourner pêcher, propose Aphrodite. Si on fait cuire les poissons ce soir, on pourra les emporter pour demain, non ?

— Oui, ce serait très bien, ça réglerait le problème du premier repas, à condition que tu en attrapes autant que l'autre jour, déclare Charles. Sam, toi tu pourrais peut-être retourner à l'endroit où on avait trouvé cet avocatier et en récupérer qui soient à peu près mûrs. Et puis il faudrait refaire des galettes avec la farine qui reste… Bernadette et Vanessa, vous pourriez vous en charger ?

— On va essayer, dit Bernadette, mais je vous promets pas qu'elles seront plus mangeables que l'autre fois.

Charles se tourne alors vers Mickaël :

— Tu veux bien m'accompagner en forêt, voir si on trouve quelque chose ? On pourrait prendre l'arc au cas où il y ait du gibier. Tu sais t'en servir ?

Tout le monde se disperse. Les deux cameramen présents s'en tiennent au bon vieil adage de la téléréalité selon lequel « deux personnages valent mieux qu'un » et, tandis que le plus courageux part sur les traces de Charles et Mickaël, l'autre s'installe à côté de Bernadette et Vanessa.

Charles. Journal de bord (3)

Sondali. Samedi 15 juillet. 20 heures.

La nuit dernière, je n'ai pas eu l'énergie d'écrire dans ce journal avant d'aller dormir. La journée a en effet été épuisante et s'est conclue par une veillée prolongée pour fêter notre succès. En effet, nous avons brillamment réussi cette épreuve, et nous avons célébré la victoire jusqu'à deux heures du matin. Les autres ont fait remarquer que ça tombait bien, vu qu'on était le 14 Juillet (la production nous a d'ailleurs fourni quelques feux d'artifice, j'aurais préféré pour ma part des biscuits ou des conserves). Je me suis abstenu de faire part des sentiments mitigés que m'inspire cette date : je suis bien sûr sensible à l'idée que c'est la fête nationale de mon pays, cependant, comme le dit mon père, il ne faut pas oublier qu'elle marque aussi le début d'une période sanglante, au cours de laquelle notre ancêtre Maxime d'Haudecourt, entre autres, a péri sous la guillotine. Mais j'ai appris depuis longtemps à garder pour moi ce genre de réflexions. La satisfaction d'avoir triomphé l'emportait de toute façon sur mes autres sentiments, d'autant plus que j'ai réalisé le meilleur temps au parcours accro-branches, devant Sam et Bernadette.

Aujourd'hui, la journée a été moins positive. Ce matin, il s'est avéré que Sam et Vanessa sortent ensemble, et cela a perturbé le groupe. Aphrodite a disparu jusqu'à midi : j'avais bien remarqué que Sam lui plaisait, même si elle s'efforce de le cacher, et visiblement elle est jalouse. Mickaël aussi s'est montré énervé, contrairement à son habitude. Peut-être est-il lui aussi amoureux de Vanessa ?

Je dois dire que pour ma part je suis également contrarié par cette histoire, quoique pour d'autres raisons. Cela risque en effet de nuire à la cohésion du groupe et à l'esprit d'équipe. Cela risque aussi de distraire Sam, alors qu'il paraissait enfin vouloir s'investir dans la mission. C'est vraiment dommage qu'un garçon comme lui, doué et qui possède pas mal d'atouts, soit incapable de faire les efforts nécessaires pour exploiter ses possibilités. Il prend tout à la légère et se complaît dans la dérision. Mais c'est un genre qu'il se donne et il vaut mieux que ça, je pense. C'est comme cette histoire avec Vanessa : je crois qu'il sort avec elle uniquement par vanité, pour attirer l'attention sur lui et passer pour le séducteur du groupe. C'est vrai que Vanessa est jolie, mais je ne pense pas que ce soit la personne qu'il lui faut. Il aurait plutôt besoin d'un ami qui l'aide à retrouver le goût de l'effort et à tirer le meilleur de lui-même. Je suis sûr que je pourrais avoir une influence positive sur lui s'il voulait bien cesser de me considérer avec agressivité.

De toute façon, c'est une bonne chose de quitter le campement demain pour entreprendre l'expédition à travers l'île. Après cette longue semaine sur la plage, je commençais à noter un certain amollissement et cela nous fera du bien de bouger. La seule chose qui m'inquiète, c'est la question du ravitaillement. Aphrodite a heureusement attrapé des poissons, mais en revanche Mickaël et moi sommes revenus bredouilles de notre chasse à l'arc. J'ai failli abattre deux oiseaux, mais les deux fois je les ai manqués de peu. Et puis il y a eu cette conversation inattendue avec Mickaël, et je n'ai plus pensé à chasser. On s'était arrêtés un moment pour souffler et le cameraman nous avait lâchés, sa batterie étant tombée en panne. Je m'efforçais de faire la conversation, ce qui n'est pas toujours facile avec un garçon aussi réservé que Mickaël. On parlait sport, activités, et j'ai fini par lui raconter que je prenais des cours de danse de salon, et que j'aimais beaucoup danser le rock.

– Ma sœur adorait ça, le rock, a-t-il soudain lancé. Elle faisait même des concours.

– Ta sœur ? Mais l'autre jour tu as dit que tu n'avais pas de frère et sœur.

Il a détourné les yeux vers la forêt.

– Elle est morte. Il y a un an et demi.

Cela m'a évidemment fait un choc. J'étais très gêné, je ne savais plus comment continuer.

– Ah, je… je suis désolé. Je… Qu'est-ce qui s'est passé ?… À moins que tu ne veuilles pas en parler…

– Elle était venue de Bordeaux pour le week-end, elle était étudiante là-bas. Je lui ai proposé d'aller chez nos grands-parents à vélo. Elle n'avait pas vraiment envie, mais j'ai insisté, alors elle a dit oui. Cinq minutes après qu'on était partis, un mec qui avait trop bu nous a foncé dedans en voiture. J'ai juste eu un poignet cassé. Elle, elle est restée dans le coma trois mois, et puis…

Mickaël n'a pas continué. Je n'osais pas le regarder, les garçons n'aiment pas qu'on les voie pleurer. Je lui ai juste posé la main sur l'épaule.

– Excuse-moi de t'avoir fait parler de ça. Ça a dû être terrible pour toi et pour tes parents.

Il a eu un petit rire triste.

– Mes parents… ça oui, les pauvres… Tu vois, il y a des gens, quand il leur tombe un truc comme ça sur la gueule, ils se mettent en rage, ils font des procès, ils créent une association, ils remontent la pente en se battant… et puis il y en a d'autres qui s'écrasent dans leur canapé, devant la télé, et qui se relèvent pas. Pour mes parents, ça a été l'option télé.

– Et toi, tu as remonté la pente ?

– Quand c'est arrivé, j'ai foiré mon année de première. J'arrivais plus à m'intéresser à tout ça. Et puis j'ai redoublé, et j'ai bossé. En S, il y a du boulot si on veut s'y donner à fond, ça m'a aidé. Et maintenant, je suis ici, ça m'aère la tête, parce que moi, la télé…

Il s'est levé et j'ai compris qu'il n'avait plus envie de parler. J'étais triste pour lui, cependant ça me faisait plaisir qu'il ait choisi de se confier à moi. Je lui ai promis de ne pas en parler aux autres, mais il m'a dit que Bernadette était déjà au courant et que, vu comment sont les filles, Vanessa et Aphrodite devaient le savoir aussi.

– De toute façon, ce n'est pas un secret, même si j'ai pas trop envie d'en discuter, a-t-il conclu.

Cette histoire a confirmé ce que je pensais : c'est quelqu'un de plus sensible et complexe qu'il n'y paraît. Mais finalement, n'est-ce pas le cas de tout le monde ?

Il se fait tard. Demain je compte donner le signal du départ à l'aube, car la marche ne sera pas facile, et il faut mettre toutes les chances de notre côté. Je vais essayer de convaincre les autres d'aller dormir.

Sam (3)

« Fait chier, pense Sam. Il pourrait pas se calmer un peu, ce bouffon ? Çui-là, plus ça va, moins je le calcule. » Depuis trois heures qu'ils crapahutent à travers cette foutue forêt, il en a plus que marre. Vanessa traîne un peu la patte, elle aussi. Il faut dire que cela fait deux nuits qu'ils ne dorment pas trop, elle et lui. En repensant à ce qui s'est passé, Sam secoue la tête. C'est pas vrai !

Il y a cru, pourtant, quand Vanessa a accepté de le suivre pour une balade sous les étoiles. Il y avait de quoi : la plage tropicale, la douceur de l'air, les reflets de la lune sur la mer, le tête-à-tête, on se serait cru dans un de ces posters romantiques merdeux que des Blacks vendent à la sauvette dans les couloirs du métro. Vanessa l'a laissé prendre sa main et ils ont marché un moment. Le cameraman s'était abstenu de les suivre, tout était parfait. Quand Sam s'est retourné, le feu de camp, derrière eux, n'était plus qu'un lointain point lumineux. Il a décidé alors de passer à l'action : avec des conditions aussi idéales, le succès était assuré.

– Écoute, Sam… non, a dit Vanessa en le repoussant. Faut que je t'explique.

Il l'avait peut-être un peu brusquée. Les filles, ça aime se faire prier, du moins c'est ce qu'on raconte. Mais c'était pas ça.

– Sam, te fâche pas, mais faut que je te dise : j'ai déjà un copain, chez moi, à Bourges. Alors tu comprends, je peux pas sortir avec toi. Je suis vraiment amoureuse de lui, ça fait plus d'un an, c'est sérieux entre nous.

Il a eu très envie de lui balancer une grosse baffe, mais il s'est retenu. Préférer le dialogue à la violence, comme aurait dit le médiateur du lycée.

– Heu… Vanessa, y a quelque chose que je capte pas vraiment, là… Pourquoi tu m'as suivi, si c'est pas pour… ? Et ton mec, il va penser quoi quand il nous verra à la télé demain, partir main dans la main pour finir la nuit loin du groupe ? À ton avis ?

– T'en fais pas pour ça, je l'ai prévenu. Ça fait partie de mon plan médias, tu vois.

– De ton plan médias ? Attends, attends, c'est quoi, ce bad trip ?

– Sam, je vais t'expliquer. Tu sais, moi je compte bien profiter de l'émission pour me faire connaître, mais pour ça il faut donner de quoi aux journalistes, comme dit ma mère. Elle était tellement contente que je sois sélectionnée, depuis le temps qu'elle m'inscrit dans les agences et les castings ! « À vos risques et périls », c'est vraiment inespéré, le top, des millions de téléspectateurs pendant six semaines, alors il faut pas louper notre chance, tu comprends.

– Mais quel rapport avec l'embrouille que tu me fais ?

– C'est ma mère qui a eu l'idée. Rémi, mon copain, il était pas très chaud, mais finalement il a compris que ça serait une occasion en or pour moi. C'est simple, tu vas voir : toi et moi on fait comme si on sortait ensemble et déjà on devient les deux candidats les plus en vue du groupe… Ça intéresse tout le monde, les histoires d'amour… ou de fesses. Et par là-dessus, Rémi contacte les médias, il révèle qu'il est mon petit ami, qu'il se désespère à l'idée que je le trompe, qu'il va me demander des comptes au retour, ce genre de salades. Ma mère aussi donne quelques interviews du style : non, ma fille n'est pas une garce… Du coup, ça fait des articles, des photos dans la presse people, et quand on rentrera en France, vainqueurs ou pas, on aura quand même décroché le gros lot, toi et moi, parce que tout le monde voudra savoir ce qui s'est passé entre nous.

Sam a eu un haut-le-corps :

– Non mais attends… C'est relou, ce plan ! Tu te sers de moi pour avoir ta photo dans des magazines pourris, alors que moi je… je croyais que tu voulais vraiment qu'on sorte ensemble… C'est dégueulasse !

– Mais Sam, tu vas en profiter aussi…

– Profiter de quoi ? Non mais, t'es débile ? Tu crois que j'ai envie de voir ma tronche dans les pages d'un torchon quelconque avec la légende : « Sam a-t-il couché avec Vanessa ? » Ça te gêne pas, toi, de voir étaler ta vie privée ?

– C'est toi qui es idiot ! Si on est ici, c'est pour se donner en spectacle, non, qu'est-ce que tu crois ? Et ce qui scotche les téléspectateurs, c'est pas nos performances sportives, mais les histoires d'engueulades, de séduction, de rivalité… Si tu voulais protéger ta vie privée, fallait pas être candidat !

Vanessa n'avait pas tout à fait tort, il fallait bien l'admettre. Mais Sam n'était pas calmé pour autant.

– Oui, c'est vrai… Mais de là à jouer des comédies pareilles… Non, ça me dérange, vraiment… T'avais qu'à choisir Charles ou Mickaël… Tu t'es foutue de ma gueule, voilà la vérité !

– Non, Sam, je t'assure. Je t'ai choisi parce que, en plus d'être le plus mignon, t'es le plus malin. Je te demande d'être mon complice, c'est tout. Je ne sais pas ce que tu cherchais en venant ici, mais pour moi, c'est clair : je veux devenir célèbre et j'ai besoin que tu m'aides.

– Tu parles d'une célébrité ! Tu te rends pas compte que c'est pourri, qu'on parle de toi juste pour ça ?

– Mais c'est que le début. L'important, c'est de sortir de l'anonymat, de braquer les projecteurs sur toi, comme dit ma mère. Une fois que je serai un peu connue, je compte faire des trucs intéressants.

– Ah oui, quels trucs ?

– Je verrai bien les propositions que j'aurai… Je sais pas, moi… dans la pub, la mode, ou à la télé… Je t'en prie, Sam ! Qu'est-ce que ça te coûte de faire croire qu'on sort ensemble ? Tu verras, ça peut créer des opportunités pour toi aussi… Par exemple pour ton groupe de hip-hop : vous serez peut-être invités à danser dans une émission, ou à participer à un spectacle ?

Sam n'est pas resté insensible à cet argument. Leur groupe était bon, ça oui ; il leur manquait juste ce petit coup de projecteur dont parlait Vanessa. Il allait accepter, il le savait, mais avant il n'a pas résisté au plaisir de provoquer un peu Vanessa :

– Bon, d'accord, mais à une condition : c'est qu'on couche vraiment ensemble !

– Sam ! Mais, je…

– C'est bon, je rigole ! On va faire marcher les autres, ça sera marrant.

– Aphrodite n'a pas eu l'air de trouver ça très marrant, remarque. Elle te kiffe grave, j'ai l'impression.

– Ça va pas, non ? Tu me vois avec une fille comme ça ?

– T'exagères, elle est pas si moche…

– Mais j'ai jamais dit qu'elle était moche ! Je parle pas de ça. C'est plutôt qu'elle est bourge, et du style intello… Ça m'étonnerait qu'elle craque pour un mec comme moi… enfin, sérieusement, je veux dire.

Ils ont discuté une bonne heure. Finalement Sam était moins déçu qu'il n'aurait imaginé. Évidemment, il n'avait pas rencontré souvent de fille aussi jolie et sexy que Vanessa et il regrettait de rater une occasion pareille, mais il ne se sentait pas le cœur brisé, loin de là. C'était normal d'avoir envie de sortir avec une fille comme elle, mais être vraiment amoureux, c'était autre chose. Une seule fois Sam avait été vraiment amoureux : c'était en cinquième et elle s'appelait Marine. Il se souvenait avec netteté des émotions violentes qu'il avait éprouvées cette année-là : rien à voir avec ce que lui inspirait Vanessa.

La nuit suivante, ils ont recommencé leur petit manège, s'éloignant ostensiblement du groupe à la tombée de la nuit et tuant le temps une heure ou deux avant de regagner la cabane. C'est pourquoi ils ne sont pas trop frais, après cette nuit écourtée. Et en plus les autres membres du commando ont tendance à leur faire la gueule, par pure jalousie, probablement. « S'ils savaient la vérité ! pense Sam, la tehon ! »

Réunion chez
Grave Productions (2)

J'ai le plaisir de vous annoncer que la part d'audience est remontée à 38,7 % après l'épisode d'hier. Je crois qu'on peut être reconnaissants à notre premier couple, Sam et Vanessa. Il était temps, parce que ça commençait à s'essouffler et c'était un peu inquiétant. Le 12, on était tombés à 27 % de parts de marché, et j'envisageais de dégager le prime time hebdomadaire pour une autre émission si l'érosion s'accentuait. Mais nos tourtereaux ont fait grimper le thermomètre, Dieu merci. La bonne nouvelle supplémentaire, c'est que nous réalisons des scores particulièrement remarquables sur la tranche des 12-20 ans, ainsi que sur les femmes de moins de 50 ans, si bien que les annonceurs se bousculent au portillon. Et j'ai toutes les raisons d'espérer que ce bon résultat va se maintenir dans les jours à venir : l'histoire entre Sam et Vanessa va provoquer des réactions intéressantes dans le groupe, c'est sûr. Vous avez vu, déjà, les regards noirs de la grosse Aphrodite… Oui, c'est bon, Sandra, on est entre nous, je peux continuer à dire « grosse », hein ?… Le départ du campement est aussi une bonne chose, ça va relancer l'intérêt, casser la routine qui s'installait… Parce que ça manque tout de même un peu de pétage de plombs, je trouve. On a voulu éviter les situations scabreuses, rester soft pour toucher un public plus jeune et plus familial, mais du coup nos candidats sont un peu trop gentils… Si on refait une saison l'an prochain, faudra faire un casting plus vicieux, avec des candidats plus allumés. Mais bon, pour l'instant, malgré le petit coup de mou de la semaine dernière, on a réussi à attirer une moyenne de près de quatre millions de téléspectateurs, ce qui n'est pas mal, d'autant plus qu'en face M6 a aligné son nouveau jeu animé par Steevy. Il ne nous reste plus qu'à espérer que nos jeunes gens se lâchent un peu plus côté libido… Avec quelques bonnes disputes par là-dessus, ça devrait faire exploser l'audience. Je vous avoue que moi-même je suis impatient de visionner les prochaines images. Leur balade dans la jungle, avec toutes les petites catastrophes qu'on leur a préparées en chemin, ça va le faire !

Aphrodite (4)

Non, là ça devient vraiment l'enfer, je vais craquer, c'est sûr ! J'ai mal aux pieds, j'ai mal au dos, j'ai mal au crâne, je crève de chaud, je crève de faim, je SUIS crevée ! Les trois speedés, devant, ils pourraient pas nous attendre un peu, non, au lieu d'avancer comme des bulldozers ? Ça fait des heures qu'on marche, j'en peux plus. Vanessa aussi a l'air de souffrir, mais ça ne me réconforte pas vraiment. Je ne supporte plus les regards et les sourires complices qu'elle échange toutes les cinq minutes avec Sam. Mais c'était à prévoir. Chaque fois qu'un garçon me plaît, c'est pareil. Bon, c'est vrai, avec Lucas ça a marché un moment, le temps de la grève. Il fallait bien que je flashe sur lui à la première réunion pour aller me lancer ensuite dans les manifs… Quelle trouille, quand j'y pense ! Les casseurs, les flics, la bousculade… et après, ce baiser dans la petite cour où on s'était réfugiés… Il a dû trouver que ça faisait bien dans le décor, je suppose. Moi, j'étais prête à y croire mais lui, son enthousiasme politique et amoureux n'a pas survécu aux vacances de Pâques. Il a été gentil, il m'a larguée en douceur, je reconnais : « Faut que je

rattrape les cours perdus, tu comprends, le bac…
Gna, gna, gna. » J'ai compris. Si j'ai un truc pour
moi, c'est que je comprends vite. Lucas… Il n'était
pas très beau, c'est vrai, rien à voir avec Sam, mais
il avait quelque chose…

Merde ! J'ai failli tomber, saleté de racine ! Voilà,
je me suis tordu le pied, c'est complet comme ça.
Mais je ne veux pas ralentir, parce que sinon je vais
me faire doubler par Sam et Vanessa et me retrouver
la dernière. Je crie :

– Charles, Bernadette, Mickaël ! Attendez-nous,
quoi !

Ils se retournent et s'arrêtent. Je les rejoins en
claudiquant ostensiblement.

– Qu'est-ce qu'il y a, Aphrodite ? Tu t'es fait mal
au pied ? s'inquiète Charles.

– Oui, un peu. Je me suis tordu la cheville. J'espère
que je ne me suis pas fait une entorse.

– Fais voir, dit Bernadette d'un ton d'autorité.

Parce qu'elle a un BEP sanitaire et social et son
brevet de secouriste, et qu'elle veut plus tard devenir
infirmière, Bernadette joue les expertes en petits
bobos depuis le début du séjour et ça finit par m'agacer.

– Non, ça va aller, c'est rien je crois.

Mais Bernadette est super têtue, je devrais le
savoir.

– Assieds-toi et quitte ta chaussure, m'ordonne-
t-elle sur un ton tel que je plains par anticipation
les malheureux qui, allongés sur un lit d'hôpital,
seront un jour à sa merci.

J'avoue que l'idée de m'asseoir cinq minutes
n'est pas pour me déplaire, mais ça me gêne de me

déchausser : depuis le temps qu'on marche, mes pieds doivent puer affreusement. Surtout que Sam et Vanessa nous ont rejoints et que le cameraman est là aussi, ravi d'avoir à filmer cette péripétie passionnante, qui vient rompre enfin la monotonie de cette marche super chiante. Bernadette m'empoigne le pied.

— Où ça te fait mal ? Là ? Très mal ?

— Non, juste un peu.

Elle extirpe de son sac la trousse de secours dont elle s'est attribué la charge et entreprend de me masser avec de la pommade. Ça fait du bien, j'avoue. Elle lève la tête, nos regards se croisent et on se sourit. J'ai un peu honte de l'avoir trouvée agaçante il y a deux minutes.

— Qui veut boire un coup ? propose Charles.

Tout le monde s'est assis, content de souffler un peu. J'essaie de faire quelques-uns des exercices respiratoires que j'ai appris en cours de chant. Mickaël a quitté son T-shirt trempé de sueur et s'évente avec une énorme feuille. Sam a sorti son couteau et taille une branche.

— Vous croyez qu'on est encore loin ? demande Mickaël.

Charles réfléchit.

— Difficile à dire. On n'a pas marché très vite. (Ah bon, il trouve, lui ?) Et puis on a perdu du temps, ce matin, après la rivière, quand on ne trouvait plus la piste. (Ça, c'était vraiment l'angoisse ; on a tourné une heure dans tous les sens avant de retomber sur une des traces de peinture blanche qui nous indiquent le chemin. J'ai cru qu'on ne s'en sortirait jamais.)

– On a fait plus de la moitié, j'espère ? gémit Vanessa.

Je remarque avec plaisir qu'elle a deux énormes auréoles de sueur sous les bras, encore pire que moi.

– Oui, sans doute, répond Charles, mais il ne faut pas trop traîner quand même. Si on n'arrive pas à rejoindre la halte prévue avant la nuit, on est mal.

On se regarde : sûr que ce ne serait pas génial de passer la nuit en pleine forêt, sans rien.

– Je me demande si on va tomber sur les trois autres commandos, dit tout à coup Sam. Je suppose qu'eux aussi doivent traverser l'île, donc il est possible que nos trajectoires se croisent… Peut-être aussi que les quatre pistes convergent vers un même point et qu'on va tous se trouver réunis à l'arrivée…

Ce qui me plaît chez Sam (entre autres), c'est qu'il a de l'imagination. Il me tend brusquement le bâton qu'il a taillé.

– Tiens, tu le veux ? Ça t'aidera à marcher.

Mon cœur bondit dans ma poitrine. Il a taillé ce bâton pour moi. Pour moi. C'est vrai, ce n'est qu'une branche qu'il a ramassée par terre et qu'il a mis trois minutes à dégrossir. Mais bon, je suis une fille qui sait se contenter de peu. Ce que je ne sais pas faire en revanche c'est m'exclamer : « Oh, tu es aaadorable » avec la bouche en cœur dans le style Vanessa. Je me contente d'un simple « Merci ». Mais je sens qu'avec ce bâton le reste du chemin me paraîtra moins dur. Tandis qu'on se remet en marche, je pense à l'éventualité d'une rencontre avec les autres équipes : ça ne me dirait rien, en fait. Le Commando Hibiscus n'est peut-être pas terrible, mais je me suis habituée à eux. J'ai l'impression qu'on commence tout juste à se connaître et que plein de choses sont encore possibles.

C'est Mickaël qui entonne, de sa grosse voix plutôt discordante : « Tous ensemble sur l'île... Hibiscus ! » et on s'y met tous, en essayant de garder le rythme :

– « À nos risques et périls... Hibiscus !

On est le Commando... Hibiscus !

Qui mérite le gros lot... Hibiscus ! »

Charles.
Journal de bord (4)

Sondali. Jeudi 16 juillet. 21 h 15.

Un bref résumé, car la marche a été assez fatigante d'une part, et d'autre part nous n'avons qu'une seule lampe de poche qu'il faut économiser. Cette première journée de marche s'est bien déroulée, quoique nous ayons failli nous perdre après avoir franchi un petit cours d'eau. À part cet incident, l'expérience des marches d'orientation que j'ai acquise chez les scouts nous a heureusement permis de suivre sans difficulté le chemin prévu.

Le groupe s'est bien comporté dans l'ensemble, même si Vanessa, Sam et Aphrodite ont sensiblement ralenti notre allure. Nous sommes arrivés à 17 h 52, tout à fait dans les temps. Notre campement est spartiate, mais nous avons été contents de trouver les personnes de l'équipe qui nous attendaient et de pouvoir manger autour d'un petit feu. Je vais à présent aller dormir : c'est ma première nuit en hamac et je suis content de faire cette expérience. Lorsque

Félix et Paul verront la prochaine émission, ils se rendront peut-être compte que ce défi n'est pas si nul et j'espère même qu'ils m'envieront un peu.

Je pense à la maison ce soir. Ma mère me manque.

L'épreuve surprise

Ce deuxième jour de marche en forêt démarre sous de mauvais auspices : avant l'aube, une forte averse déloge les dormeurs de leurs hamacs et les contraint à se tasser sous un petit auvent bâché, tandis que les employés de la production poursuivent leur nuit à peu près au sec dans des tentes plantées à l'écart. Puis c'est le cameraman qui a des ennuis : son matériel refuse de fonctionner. Fabrice est contacté, et le représentant de Grave Productions consulté. Il continue à pleuvoir. Il est finalement décidé que les jeunes se mettront en route sans attendre. Pendant ce temps, le cameraman rejoindra la piste carrossable (distante de huit cents mètres à peine du campement, ce qu'ignorent évidemment les membres du Commando Hibiscus et les téléspectateurs, sans quoi l'aventure risquerait de paraître moins périlleuse). Un 4×4 l'y retrouvera et le déposera, muni d'une nouvelle caméra, à proximité du campement de la deuxième étape d'où il pourra partir à la rencontre des marcheurs.

– Ça ne fera que quelques heures sans tournage, calcule Fabrice. Ça n'est pas dramatique… et ça peut même devenir un plus. Je vais raconter qu'on a perdu le contact avec eux, qu'on les cherche… Le cameraman avancera sur la piste, guettant un indice… et puis tout à coup on voit quelque chose qui bouge à travers le feuillage, et ils apparaissent, l'un après l'autre… C'est bon pour le suspense. Et puis, pour une demi-heure d'émission, on n'a pas vraiment besoin de les filmer toute la journée en train de crapahuter. Surtout qu'aujourd'hui rien de spécial n'est prévu.

– C'est demain qu'on met les serpents ? demande un membre de l'équipe.

– Oui, j'espère que ça fera un bon petit numéro avec Bernadette… Après-demain, il y aura le pont de cordes à moitié cassé, le jour suivant le piège… Ils ne se doutent pas des surprises qu'ils vont trouver, ricane Fabrice.

Ce qu'il devrait savoir, lui qui est un homme d'expérience, c'est que les surprises ne sont jamais là où on les attend. Peut-être alors ricanerait-il moins.

Inconscients des embûches qui les guettent sur le chemin, les six équipiers poursuivent leur progression dans une ambiance plutôt morose du fait de l'averse, du manque de sommeil, des courbatures et de la défection du cameraman : à quoi bon suer sang et eau si c'est sans témoins ? Mickaël n'a pas la moindre envie ce matin d'entonner le chant de guerre du commando et même Charles semble un peu moins gaillard que de coutume. Dormir dans un hamac s'est avéré assez inconfortable, somme toute. Sam, qui commence à trouver un peu pesante la fausse intimité qu'essaie de lui imposer Vanessa, a allongé le pas et marche en tête avec Charles ; derrière viennent Bernadette et Mickaël, suivis de Vanessa, et Aphrodite s'essouffle en queue de peloton en s'efforçant de ne pas se laisser distancer. Personne ne parle. Charles marque le pas devant un trait de peinture blanche tracé sur un tronc.

– Voilà une balise, on est sur…

Il s'arrête net. Un homme vient d'apparaître, surgi d'on ne sait où. En quelques secondes, la forêt s'anime : une dizaine d'hommes entourent le petit groupe. Ils ont le type yankongais, sont dans l'ensemble jeunes, et portent des uniformes militaires dépareillés et passablement dépenaillés. Le détail le plus remarquable de leur tenue consiste en une arme à feu de taille conséquente qu'ils braquent en direction des membres du Commando Hibiscus.

– *Don't be afraid !* dit d'un ton posé l'homme qui barre le chemin à Charles. *Come, quickly ! Come, come !*

Il fait signe de le suivre et ses compagnons, l'arme au poing, pressent les six Français.

– Non mais, c'est qui, ces bouffons ? fait Sam. D'où ils sortent ?

– *Excuse me, who are you ?* demande Charles en soignant son accent.

– *You come, quickly !* répète l'autre visiblement peu enclin à s'éterniser en civilités.

– Je vous parie que c'est un coup monté pour l'émission, s'écrie soudain Sam. Où est la caméra ? C'est l'épreuve surprise du jour !

– Tu… tu crois ? demande Charles.

Derrière, les trois filles se serrent près de Mickaël.

– Mais oui, c'est bidon, insiste Sam. C'est un test.

– Non, Sam, intervient Bernadette. Je crois pas. C'est sérieux.

Autour d'eux, les hommes se sont rapprochés de façon menaçante et leur font signe d'avancer avec des mines farouches.

– Je vous le prouve, dit Sam.

Il s'assied tranquillement en tailleur et se met à dévisager les assaillants d'un air goguenard. Un des hommes se penche sur lui et crie dans sa langue quelque chose de toute évidence peu aimable.

– Je t'en prie, Sam, lève-toi ! gémit Aphrodite.

Sam hésite. Il ne devrait pas. L'homme lui balance un grand coup de crosse dans le dos. Des cris apeurés s'élèvent du côté des filles.

– Merde, tu vois bien que c'est pas bidon, obéis, putain ! s'écrie Mickaël.

Sam se relève en grommelant :

– C'est quoi, ce truc de ouf ? Il m'a tué l'épaule, ce connard !

Il a pâli. Il se frotte l'omoplate. Les autres le regardent, consternés.

– Non, ça va, j'ai rien de cassé, vous inquiétez pas, c'est…

Il ne finit pas sa phrase. L'homme qui l'a frappé le pousse sans ménagement et fait signe au groupe d'avancer. Ils se mettent en marche en file indienne, chaque membre du Commando Hibiscus étant intercalé avec un membre du commando dont le nom, s'il en a un, n'est sans doute pas celui d'une fleur exotique. Charles jette un coup d'œil furtif à sa boussole : ils se dirigent droit vers le sud-est.

Sam (4)

« Est-ce que j'ai peur ? pense Sam. Non, je crois que non. »

Il a mal à l'épaule, bien sûr, mais pas plus que ça. Le gars n'a pas tapé de toutes ses forces. Une fois, la bande de la cité Neruda les a coincés, Kader et lui, quand ils rentraient de l'entraînement de foot. Il était petit encore, douze-treize ans. Là, il a eu vraiment peur. Et vraiment mal. Après ça, avec Kader, ils ont arrêté le foot et ils se sont mis au hip-hop. Finalement, s'ils ne s'étaient pas fait démolir la gueule, ils n'auraient peut-être jamais découvert que leur truc c'était la danse. Quand on y pense, ces mecs de Neruda leur ont peut-être rendu service.

Toutes ces heures passées à répéter inlassablement les mêmes figures jusqu'à la maîtrise parfaite, c'est sans doute les meilleurs moments qu'il ait vécus. Dans leur crew, chacun a sa spécialité, ils se complètent. Syé, c'est le roi du head spin et du ninety, il faut dire qu'il est taillé pour les mouvements en force. Kader est un peu moins costaud, mais il ne rate jamais une vrille ou un thomas, tandis que

Sylvain fait plutôt dans le style, il a une allure terrible avec son grand corps maigre, c'est le plus « danseur » du groupe. Quant à Sam, son truc à lui, c'est le pass-pass. Sa rapidité est devenue légendaire dans les battles… Au concours, pourtant, ça n'a pas suffi. « Manque d'originalité et de musicalité. » Juges de merde. Et Sylvain qui en rajoute : « C'est vrai, les mecs, il dit, techniquement on est au point, mais il faudrait travailler le côté artistique. » Sam a pété les plombs : « Je laisse tomber, ça me soûle ! » C'est con. Il regrette. Les répéts lui manquent. Et ses potes. Sylvain a raison. Il faudrait travailler le côté artis-tique. Époustoufler les gens en faisant la toupie sur la tête, OK, mais il faut aussi leur dire quelque chose, créer de l'émotion, de la surprise. Comme ce groupe de Bondy qui a choisi de danser sur une musique classique… Rameau, il a vérifié. Il va y réfléchir. Si la notoriété que lui apportera l'émission pouvait l'aider…

Oui, mais maintenant, l'émission ? C'est vraiment fichu ? Malgré le coup de crosse, il n'est pas encore pleinement convaincu que cet enlèvement est réel. Il doit y avoir des mini-caméras planquées quelque part, dans le canon des fusils d'assaut, par exemple. C'est une mise en scène débile, c'est sûr, mais l'émis-sion est débile depuis le début, de toute façon. Peu importe. Ce qui importe, c'est les dix mille euros. Cinq mille pour sa mère, trois mille pour une bécane d'occase… Avec deux mille euros, on doit pouvoir se payer les conseils d'un bon chorégraphe…

Ces gars les font marcher à une cadence infer-nale. À ce rythme, Vanessa et Aphrodite ne vont pas tenir le coup longtemps. Vanessa. Aphrodite. Vanessa a dit : « Aphrodite, elle te kiffe grave. » Il est parti le long de la plage, main dans la main avec Vanessa, et Aphrodite est restée près du feu. Et puis, Vanessa l'a repoussé : « Non, Sam, faut que je t'explique… » Mais ça, Aphrodite ne le sait pas. Depuis cette nuit-là, où elle est restée près du feu, Aphrodite ne lui parle presque plus.

La colonne stoppe brusquement et Sam manque s'écraser le nez sur le T-shirt vert crasseux du gars qui le précède. Devant eux, il y a une piste de terre marquée de profondes traces de pneus. Il y a donc des voitures sur cette île censée être vierge ? Et eux qui depuis deux jours se sont frayé un chemin à travers la jungle, à moins d'une demi-heure de cette avenue ! Bon, c'est peut-être la fin de cette mascarade stupide… Il regarde à gauche, à droite, s'attendant à voir débouler un cameraman ou Fabrice, mais la piste est déserte. En face s'élèvent des reliefs tourmentés. Entre des falaises de pierre noire, la végétation se répand en grandes coulées vertes. On le pousse en avant. Il faut traverser la piste au pas de course, en direction de ces montagnes. La colonne se reforme à couvert. Sam croise le regard de Bernadette et lui fait un sourire d'encouragement auquel elle ne répond pas. Elle a l'air effrayé.

Et si ce n'était pas une blague ? Si ces mecs étaient vraiment en train de les enlever ? Non, c'est pas possible. L'île est déserte, on le leur a expliqué. Il y a seulement une base occupée par des militaires, tout au nord. D'ailleurs le tiers nord de l'île est sous leur contrôle, c'est une zone interdite. Le jeu est cantonné à la partie sud, où il n'y a personne. Alors d'où viennent ces mecs ? Ils sont vaguement en treillis, ça pourrait être des déserteurs, des soldats qui en ont ras le bol d'être coincés sur cette île depuis des années et qui réclament une permission… Ou alors des putchistes… Mais non, il a trop d'imagination, on le lui dit souvent. Momo, surtout, qui est si terre à terre et si posé. Ces pauvres types sont payés par la télé pour faire leur numéro, il en est presque sûr… Mais pas tout à fait…

Alors, ce qu'il faut, c'est : premièrement, ne pas faire de provoc inutile dans le cas où cette histoire serait vraie ; deuxièmement, garder une attitude cool, dans le cas où elle serait bidon. Paniquer n'a jamais servi à rien, de toute façon. Troisièmement, penser à un truc sympa pour garder le moral : dès qu'il sera de retour à Valmières, il annoncera à Syé, Kader et Sylvain qu'il reprend les entraînements avec eux.

Réunion chez
Grave Productions (3)

Comment ça, « enlevés » ? Non, mais… qu'est-ce que vous racontez ? Vous vous foutez de moi ou quoi, Sandra ? Enlevés par qui, d'abord ? On sait pas ? Ils veulent une rançon ou c'est politique ? On sait rien encore ? Bon sang, c'est pas possible ! Quel est le con qui a choisi Sondali ? Une dictature militaire, c'est toujours merdique, je l'ai dit, mais il paraît qu'on avait toutes les garanties. Tu parles ! Oui, oui, Sandra, on sait que vous étiez contre le choix du Yankong pour des raisons éthiques, mais c'est vraiment pas le problème !

Bon, faut prévoir un communiqué de presse. Qui s'en charge ? Quoi ? Le Quai d'Orsay veut qu'on rapatrie notre équipe ? Ah non, ça, pas question, il faut absolument que nos gars restent sur place ! Oui, comme vous dites, Sandra, sinon, on aura l'air d'abandonner ces pauvres gamins… Et puis surtout il faut bien continuer à tourner, hein ? *The show must go on.* On va faire une émission spéciale ce soir, une heure au lieu d'une demi-heure, avec les

commentaires de Fabrice sur place, plus des interviews des parents si on peut, et quelques bouts de
film des jours précédents qu'on n'a pas encore
montrés. On pourrait aussi lancer une souscription
auprès des téléspectateurs, pour la rançon… Oui,
je sais, Sandra, y a pas encore de demande de rançon,
mais faut commencer à prévoir. Bon, vous avez deux
heures pour réfléchir à la meilleure façon de gérer
tout ça.

Aphrodite (5)

J'espère que Sam n'a pas trop mal. Il a encore fallu qu'il fasse le malin, il l'a bien cherché. Ceci dit, moi aussi, je me suis posé la question, au début. Ça pouvait être un coup monté pour l'émission, filmé en caméra cachée. Mais là, non, j'y crois plus. Il y a d'abord eu ce coup de crosse. Il a frappé fort, j'ai encore mal au ventre en y pensant. Sam. J'espère que tu n'as pas trop mal. Sam. Bernadette regarde ton épaule, il y a un énorme bleu en train de se former. Elle te passe de la pommade. Je tiens la torche, j'éclaire ton dos et les doigts minces et bruns de Bernadette qui frottent ta peau meurtrie. Tu gémis. J'aimerais te caresser doucement pour que tu n'aies plus mal. Tu relèves la tête. Tu dis :

– Merde ! Si ça fait partie du jeu, il aurait pu taper moins fort, le con !

– Ça ne fait pas partie du jeu, Sam, murmure Bernadette.

Les trois autres sont assis à côté de nous.

– J'avoue que je ne sais plus trop quoi penser, dit Charles. D'un côté…

— Écoutez, coupe Bernadette. Ces types ne sont pas manipulés par l'émission, je peux vous l'assurer !

— Comment tu peux en être si sûre ? je demande.

C'est vrai, ça. Elle est agaçante, avec ses airs d'en savoir plus que tout le monde et ses manières autoritaires. Il y a un silence.

— Parce que…

Bernadette hésite.

— Parce que moi, je suis manipulée par l'émission.

Qu'est-ce qu'elle a dit ? Je regarde Vanessa : elle a l'air ahurie, mais je suppose que moi aussi. Sam est le premier à réagir.

— Tu peux nous expliquer, là ? Ça commence à devenir relou, tout ça !

Bernadette soupire d'un air affreusement gêné.

— Voilà… je suis pas tout à fait une candidate comme vous. La production m'a chargée de… de vous… observer. On me tient au courant des épreuves et…

— Tu nous espionnais ? Tu bosses pour eux ? T'es une moucharde ! s'écrie Sam.

Il vient d'exprimer ce que chacun pense, je crois.

— Non, c'est pas ça… J'ai fait le casting, comme vous… C'est après… Ils m'ont proposé de veiller à la santé du groupe, comme j'ai mon brevet de secourisme et puis… de faire un petit compte rendu de temps en temps, un petit bilan sur le plan du physique et du moral, pour chacun.

— Mais c'est dégueulasse, s'exclame Vanessa. Moi je t'ai fait confiance, je t'ai raconté des trucs perso, et puis après t'es allée tout balancer ! Qu'est-ce que t'as dit sur moi, d'abord ?

— On se calme, on se calme, intervient Sam. Vanessa, laisse-la finir de s'expliquer.

— Non, je répétais pas les confidences, reprend Bernadette. Je disais juste des trucs du genre : « Charles a des brûlures au premier degré sur les bras » ou « Aphrodite et Sam ont l'air en froid » ou « Machin est fatigué ».

— C'est tout ? Quel intérêt ?

— Heu… je devais aussi… comment dire… vous compliquer un peu la tâche. Hier matin, par exemple, c'est moi qui vous ai entraînés sur une mauvaise piste après la rivière.

— Oui, oui, je m'en souviens, dit Charles. On cherchait la marque, je voulais continuer, mais toi tu as dit… Ça alors, Bernadette, comment as-tu pu trahir l'équipe ?

Je sens que Charles va nous faire un sermon, mais il n'en a pas l'occasion. Mickaël parle soudain, d'une voix inhabituellement sourde :

— Alors quand tu as dit que tu avais peur des serpents, c'était pour nous compliquer la tâche ? En fait tu n'avais pas peur du tout ?

Bernadette garde le silence. Mickaël se lève brusquement, mais un des types armés se précipite, son fusil pointé, et lui ordonne de se rasseoir. Mickaël se laisse retomber, l'air mauvais.

— Je suis vraiment le dernier des cons, grogne-t-il.

Bernadette détourne la tête. Je suis sûre que si je braquais la torche vers son visage je la verrais pleurer. J'essaie de débarrasser ma voix de toute agressivité pour demander :

— Mais pourquoi as-tu accepté de faire ça ? À quoi ça t'avançait ?

— Ils m'ont promis que j'aurais quinze mille euros, que l'équipe soit victorieuse ou non, souffle-t-elle.

Là, Charles est vraiment choqué.

— Du coup tu t'en fichais complètement qu'on gagne, c'est ça ? fait-il d'un ton consterné.

— C'est sûr, toi, tu peux pas comprendre, riposte Bernadette, mais moi, ce fric, j'en ai besoin, je pouvais pas prendre le risque de revenir sans rien. Ma mère, elle a un salaire d'aide-soignante, tu sais ce que ça fait ? Mon père est reparti en Afrique, on sait même pas où il est, et on est trois enfants. Si j'ai pas ces quinze mille euros, je vais pas pouvoir continuer mes études et devenir infirmière, comme je veux. C'est pas pour m'amuser que je suis venue ici, ou pour jouer les stars, c'est pour l'argent, c'est tout !

— Sam aussi, sa mère galère, lance Vanessa. Et eux, ils sont quatre enfants. C'est pas pour ça que…

— Ça va, laisse tomber, coupe Sam.

Il a raison. Pas la peine d'accabler Bernadette. Mickaël semble aussi de cet avis.

— De toute façon, ça n'est plus tellement important, dit-il. « À vos risques et périls », c'est terminé, on dirait !

— À moins que ça ne commence pour de bon…

J'ai voulu faire un peu d'humour, mais personne ne trouve ça drôle, même pas moi. J'observe les silhouettes sombres de nos ravisseurs groupés autour d'une lampe tempête. Ils discutent à mi-voix, certains fument. Les points rouges de leurs cigarettes s'avivent tour à tour dans la pénombre. Ils ne nous ont pas adressé la parole de toute la journée, à part pour nous donner de brefs ordres en anglais. Ils sont jeunes, presque autant que nous, j'ai l'impression.

Maman ne voulait pas que je vienne à Sondali. D'abord, elle est contre la télé-réalité et même contre la télé tout court. Elle est aussi systématiquement contre les idées de mon père, et comme c'est mon père qui m'a suggéré de participer au casting… Et pour finir, elle a des principes selon lesquels il est interdit de passer des vacances dans les pays dirigés par des dictateurs. (De toute façon, ses finances lui interdisent d'aller ailleurs qu'à Carpentras, chez mamie.) Elle m'a fait de grands discours, comme quoi « la junte au pouvoir exerce une répression féroce, persécute les opposants, fait peser sur le pays une chape de plomb, gna, gna, gna ». J'ai pensé que c'était surtout pour contrer papa et du coup je l'ai envoyée promener. J'aurais peut-être mieux fait de l'écouter…

Qui sont ces types ? Des paramilitaires passés au banditisme ? Les troupes de choc de la dictature décidées à s'en prendre aux démocraties occidentales ? Ou des rebelles révolutionnaires ? Et que comptent-ils faire de nous ? Ils ne se sont pas montrés violents, à part le coup de crosse à Sam, et ce soir ils ont partagé avec nous leur nourriture, des boulettes de riz froid et collant avec un goût de vieux poisson : beurk !

– Qu'est-ce qu'ils vont nous faire, vous croyez ?

C'est la voix mal assurée de Vanessa qui pose la question, mais j'ai l'impression que c'est mon angoisse qui parle par sa bouche. Je regarde les autres et leurs visages semblent reprendre en un chœur silencieux : « Qu'est-ce qu'ils vont nous faire, vous croyez ? » Moi, je ne sais pas, je ne veux pas savoir. Non, le cœur vous tourne si vous pensez à ça. Je sens mon estomac se contracter sous l'effet d'une nausée.

– Ça ne va pas ? me demande Vanessa.

– Je... j'ai envie de vomir.

– Ah non, Aphrodite, s'écrie Sam. Si tu vomis la nourriture locale, tu fais perdre un point au Commando Hibiscus. Tiens le coup, je t'en prie. Bouffer ce truc, c'était la pire des épreuves. Après ça, tu verras, le reste te paraîtra facile. Leur arme fatale, à ces Chinetoques, c'est pas les fusils d'assaut, c'est le riz sauce poisson pourri. Mais on est des durs, nous. On a déjà digéré les galettes bétonnées de Bernadette, on va résister à leur truc, OK ?

Ce qui me plaît chez Sam (entre autres), c'est qu'il arrive à me faire sourire même quand je me sens misérable.

Un des ravisseurs s'approche et nous ordonne :

– *Go to sleep!*

– *Please*, lui fait Sam.

Puis il se tourne vers nous :

– Comment ça se dit en anglais « Pouvez-vous nous expliquer qui vous êtes et pourquoi vous nous avez kidnappés ? » ?

– Je ne suis pas sûr que ce soit une bonne idée d'interroger ce type, répond Charles.

Moi non plus, mais comme je suis bonne en anglais et que c'est Sam qui le demande, je traduis.

Le type se contente de secouer la tête en répétant : « *Tomorrow, tomorrow* », puis « *Go to sleep !* » et il s'éloigne. Bon, il va falloir qu'on dorme par terre, dans ce petit espace que les ravisseurs ont vaguement nettoyé à la machette. Il y a des tiges dures, des cailloux, ça doit grouiller de bêtes…

– Les filles vont se mettre au milieu, dit Charles. On ne sait jamais, ces hommes pourraient s'en prendre à elles.

– Et tu leur feras un rempart de ton corps ? rigole Sam. Pas sûr que ce soit efficace… On pourrait peut-être négocier, plutôt : on leur laisse les filles, et nous trois on se tire.

– Ha, ha, très drôle, dit Vanessa.

Charles fait remarquer d'un ton pincé qu'il y a mieux à faire que des plaisanteries stupides. Moi, je trouve ça amusant. Je décide d'en rajouter :

– Qu'est-ce que tu en sais ? Ils préfèrent peut-être les garçons…

Je me rends compte en le disant que ce n'est pas très malin. Charles en tout cas le prend très mal.

– Bon, Aphrodite, tu dors où tu veux, moi, je m'en fiche ! J'essaie d'arranger les choses le moins mal possible, et vous…

Je m'excuse et on entreprend de s'installer. Le seul avantage de la situation, c'est que les cameramen ne sont plus là pour nous braquer en permanence leurs objectifs sous le nez : c'est un soulagement au milieu de notre misère. Charles se place à un bout, Mickaël à l'autre. Sam se coule à côté de Mickaël en gloussant :

– Tu vas me protéger, hein ? T'es le plus costaud !

Je voudrais bien manœuvrer pour me retrouver à côté de Sam mais, bien sûr, Vanessa occupe la place et tout ce que je peux faire, c'est m'allonger près d'elle. Je n'ai pas envie de dormir collée à Charles, je préfère être entre les filles. Charles n'a pas l'air ravi d'avoir Bernadette pour voisine. Il n'a pas apprécié l'aveu de sa traîtrise. Mais c'est peut-être aussi la couleur de sa peau qui le dérange. Va savoir. C'est très inconfortable, par terre. Mais nous avons tellement marché, je suis si fatiguée, si fatiguée, Sam…

Charles.
Journal de bord (5)

Sondali. Mardi 18 juillet. 19 h 40.

Hier soir, j'étais épuisé, et encore sous le choc de notre enlèvement, si bien que les brèves notes que j'ai griffonnées avant de dormir me paraissent à la relecture très décousues, mais je suis trop fatigué à nouveau ce soir pour les reprendre.

Il y a quand même un point sur lequel je voudrais revenir, c'est l'aveu choquant de Bernadette. J'y ai repensé plusieurs fois durant la journée et je dois dire qu'un tel manque de loyauté me paraît inconcevable. Bien sûr, ces gens-là n'ont pas les mêmes valeurs que nous et je suppose que ce n'est pas vraiment sa faute si elle a cédé à l'appât du gain : on ne lui a sans doute pas appris qu'il est indigne de trahir la confiance de ses camarades. Je dois dire à sa décharge qu'elle semble honteuse de sa conduite.

Mais, peu importe à présent qu'elle ait réduit les chances de réussite de notre équipe : comme le dit Mickaël, gagner le jeu n'est plus vraiment notre problème désormais. Car si nous avons pu hésiter au début à prendre cet enlèvement au sérieux, plus aucun doute n'est possible à présent. Même Sam a bien dû l'admettre. La situation est grave.

Aujourd'hui, la marche sous la conduite de nos ravisseurs a été encore plus éprouvante qu'hier : nous avons escaladé en partie une montagne qui doit être la plus élevée de l'île, puis l'avons contournée, d'abord plein sud, ensuite plein est. Finalement nous sommes arrivés à ce qui semble être le repaire de cette bande : c'est une vaste caverne ouverte dans le flanc escarpé de la montagne, et sommairement aménagée. Là, d'autres hommes nous attendaient, dont l'un est visiblement le chef. Dans un anglais assez correct, il s'est présenté et a enfin daigné nous expliquer les raisons de ce kidnapping. Nos ravisseurs appartiendraient à une organisation clandestine appelée « les Flambeaux » (the Torches) qui combat le gouvernement militaire en place. Si j'ai bien compris, il s'agit d'un groupe de lutte armée qui ne se réclame pas ouvertement du communisme, mais il me paraît évident qu'il se situe à l'extrême gauche : à plusieurs reprises, le chef a parlé de « révolution démocratique » et de « pouvoir du peuple ». Il nous a assurés que nos vies n'étaient pas en danger et que nous serons libérés dès que le gouvernement yan-kongais aura accepté de relâcher en échange une quarantaine de prisonniers politiques emprisonnés depuis plusieurs années. Mais si le gouvernement refuse ?

J'avoue que je suis très inquiet. J'ai essayé d'expliquer aux autres qu'il aurait bien mieux valu pour nous avoir été enlevés par des bandits désireux de toucher une rançon, mais ils sont assez naïfs pour trouver préférable d'être aux mains de rebelles extrémistes. Aphrodite a même carrément affirmé que la junte exerce une « répression féroce » et « persécute le peuple » et qu'il est donc légitime pour les opposants de « lutter par tous les moyens » (je reprends ses propres mots). Apparemment, c'est sa mère qui lui a fourré ça dans la tête. Je lui ai signalé qu'elle était clairement victime du syndrome de Stockholm, qui pousse un otage à soutenir la cause de ses ravisseurs, mais Sam, comme d'habitude, s'est rangé contre moi et a décrété qu'elle avait raison. Ça ne m'étonne pas vraiment, venant de leur part : l'autre jour, Aphrodite s'est vantée d'avoir pris une part active dans la lutte anti-CPE du printemps et Sam a prétendu que c'est à cause de sa participation aux grèves qu'il n'avait pas pu passer en première (je crois plutôt qu'il n'a rien fichu de l'année). Plus grave encore, il a défendu les incendiaires des banlieues qui ont semé le désordre lors des émeutes de décembre et a cherché à justifier leur violence. Il a même laissé entendre qu'il avait lui-même participé à des actes de vandalisme, mais je pense que ce n'est qu'une vantardise (bien mal placée, d'ailleurs).

Pour en revenir à notre captivité, j'espère que notre gouvernement va négocier notre libération assez vite. L'exemple des otages français en Irak me paraît encourageant. Bien que la situation là-bas ait été pire qu'ici (nos ravisseurs ont tout de même l'air moins fanatiques que des islamistes, à première vue), la France a réussi à les tirer d'affaire. Reste à espérer que cela prendra moins de temps, je ne sais pas comment nous ferions s'il nous fallait rester des mois dans cette tanière. Je dois cependant garder mon sang-froid et ne pas désespérer. Hier soir, j'ai essayé de trouver du réconfort en priant, mais j'étais encore trop sous le choc. Heureusement, s'ils nous ont bien entendu confisqué nos couteaux (je suis désolé de la perte du superbe couteau suisse que papa m'avait offert), nos geôliers ne m'ont pas enlevé ce cahier. Noter mes pensées pourra m'aider à rester lucide et lutter contre le découragement.

Ce qui m'angoisse le plus, c'est de penser à maman : elle doit être folle d'inquiétude et rongée par le remords à l'idée de m'avoir autorisé à participer à l'émission.

Je dois m'arrêter car la nuit est tombée et je ne distingue plus ce que j'écris.

Dans la caverne

Il est bien dommage que l'équipe de Grave Productions ne dispose pas de caméras dans la base des rebelles yankongais : les images qu'elles pourraient enregistrer ne manqueraient pas d'intérêt. Dans la caverne creusée au flanc de la paroi rocheuse, la vie s'est organisée de façon somme toute assez paisible. Les ravisseurs traitent les jeunes Français avec certains égards. Ils n'ont pas besoin d'exercer de violences ni de les attacher pour les empêcher de fuir : le terrain escarpé, la végétation épaisse, ainsi que la jeunesse de leurs prisonniers et le fait que ces étrangers connaissent à peine Sondali leur paraissent suffisants pour décourager toute tentative d'évasion. Peut-être devraient-ils cependant être plus méfiants, car Charles a réussi à conserver sa boussole en la dissimulant dans un paquet de biscuits.

Après quatre jours de cohabitation dans la grotte, l'ambiance s'est un peu détendue entre les deux groupes. Les rebelles yankongais, surtout les plus jeunes d'entre eux, se montrent avides de contacts. Ils veulent tout savoir de la France et bombardent de questions leurs otages. La conversation se mène en anglais, un anglais souvent approximatif, mais tant bien que mal ils arrivent à se comprendre. Au sein du Commando Hibiscus, Aphrodite est celle qui maîtrise le mieux la langue et chez les ravisseurs, c'est un jeune homme nommé Tun, que Sam a aussitôt rebaptisé « Crazy Toon », du nom de son groupe préféré. Tun est petit et frêle, avec des yeux malicieux et des fossettes qui se creusent dans ses joues lorsqu'il sourit. Les jeunes Français ont été surpris d'apprendre qu'il a vingt et un ans ; ils lui en auraient donné dix-sept à peine. Païle, un garçon timide aux manières douces et polies, fait preuve également de beaucoup d'intérêt et de prévenances pour les otages. Il a organisé un petit coin à l'abri des regards pour la toilette des filles et veille à ce que leurs « hôtes », comme il dit, soient installés le moins mal possible. Le chef du groupe, un nommé Kham, n'empêche pas ces relations de se nouer, même si pour sa part il veille à garder ses distances.

Il est dix heures du matin. Il pleut. Vanessa et Bernadette jouent aux cartes avec Thi et Sadhu, à qui elles tentent d'enseigner les règles de la crapette. Thi, qui aurait été un brillant étudiant en médecine s'il ne s'était pas fait chasser de l'université en raison de ses engagements politiques, a du mal à suivre le jeu : les cheveux blonds et le regard d'azur de Vanessa troublent un peu sa concentration. Sadhu, que ses camarades surnomment « le noir » en raison de son teint cuivré, s'étonne de se trouver pâlichon à côté de Bernadette. C'est la première fois qu'il voit une Africaine et il aurait très envie de passer la main sur les courts cheveux crépus de sa tête, mais il n'ose pas.

Près de l'ouverture, Sam tente d'enseigner à Tun des pas de break dance, sous l'œil intéressé d'Aphrodite et de quelques rebelles. Un peu à l'écart, Charles et Païdécouvrent avec plaisir qu'ils considèrent l'un et l'autre la monarchie constitutionnelle comme le meilleur rempart contre la tyrannie dans le monde actuel. Seul Mickaël ne participe pas à ces échanges interculturels : allongé sur une natte, il sue et grelotte alternativement, terrassé par une mauvaise fièvre. En l'entendant gémir, Bernadette abandonne la partie de cartes et se penche sur lui. Elle lui passe doucement un tissu humide sur le visage, puis l'aide à boire. Elle a glissé un bras autour de ses épaules pour le soutenir et un trouble agréable l'envahit à sentir le large torse de Mickaël s'abandonner contre elle. Il lui sourit d'un air mi-penaud mi-reconnaissant qui fait ressurgir le petit garçon qu'il était il n'y a pas si longtemps. Bernadette se sent fondre. Elle se relève un peu brusquement et retourne à son jeu de cartes.

J.T. de 20 heures

Aujourd'hui lundi 24 juillet 2006, huitième jour de captivité pour les six otages retenus sur l'île de Sondali : Bernadette Adiaffi, Charles d'Haudecourt, Mickaël Fournier, Aphrodite Gardette, Samir Hassani et Vanessa Vincent.

Bonsoir. Nous ouvrons ce journal avec des nouvelles des six jeunes otages enlevés il y a huit jours sur l'île de Sondali par un groupe de rebelles yankongais durant le tournage de l'émission « À vos risques et périls ». Les ravisseurs ont fait parvenir hier un nouveau message à l'ambassadeur de France au Yankong, dans lequel ils réitèrent leurs demandes auprès de notre gouvernement et assurent que les otages se portent bien.

Je vous rappelle que ce mouvement de lutte armée, qui se fait appeler « les Flambeaux », réclame l'intervention diplomatique de la France auprès de la junte militaire au pouvoir afin que soient relâchés quarante-huit prisonniers politiques incarcérés après les manifestations étudiantes de 2002 à Bamay, capitale du pays. Les ravisseurs affirment vouloir attirer l'attention internationale sur, je cite, « la violation continue des droits de l'homme, la répression brutale, les emprisonnements arbitraires et les conditions infâmes de détention qui sévissent au Yankong ».

Dominique Renaud, conseiller auprès du ministre des Affaires étrangères, prévoit de partir demain pour la capitale yankongaise. Il s'est refusé ce matin à toute déclaration afin de ne pas compromettre les négociations en cours.

D'autre part, les parents des six jeunes otages ont été reçus cet après-midi par le président de la République, qui les a assurés que tous les moyens étaient mis en œuvre afin d'obtenir la libération rapide de leurs enfants. Notre reporter, Billy Rousseau, a pu les interviewer à leur sortie de l'Élysée :

Monsieur Gardette (père d'Aphrodite) : – Nous sommes bien sûr extrêmement inquiets quant au sort de nos enfants, mais le président nous a affirmé que tout serait mis en œuvre… Je voudrais dire que Grave Productions a fait preuve d'une grande légèreté en choisissant Sondali comme lieu du tournage. Qu'ils sachent que si les choses venaient à mal tourner nous les en tiendrions pour responsables.

Billy Rousseau : – Monsieur d'Haudecourt, partagez-vous cette position ?

Monsieur d'Haudecourt (père de Charles) : – Oui, tout à fait. Mais j'ajoute que je me sens également responsable d'avoir laissé mon fils participer à ce jeu. Ce genre d'émissions m'a toujours paru un peu… heu… douteux, eh bien là, on a la preuve qu'elles peuvent être carrément dangereuses. Nos enfants sont aux mains de rebelles extrémistes qui veulent se servir d'eux… mais la télévision s'était déjà servie d'eux. Ils sont les victimes d'enjeux économiques et politiques qui les dépassent. C'est le résultat d'un monde où règnent le goût du spectacle et le mépris de l'ordre, et qui a perdu le sens des vraies valeurs.

Billy Rousseau : – Merci. Je me tourne à présent vers madame Adiaffi, la maman de Bernadette. Madame Adiaffi, votre entrevue avec le président de la République vous a-t-elle redonné de l'espoir ?

Madame Adiaffi (mère de Bernadette) : – Oui, monsieur le président a été très gentil, il nous a bien encouragés. Mais surtout je prie Dieu pour qu'il n'arrive rien de mal à ces enfants, et je crois que Dieu va écouter nos prières. Et puis je sais que ma Bernadette est forte. Alors je garde confiance.

Billy Rousseau : – Vous aussi, madame Vincent, vous gardez confiance ?

Madame Vincent (mère de Vanessa) : – Je… c'est terrible, ce qui arrive ! Tout avait si bien commencé, pourtant, Vanessa était une des grandes favorites des téléspectateurs et j'étais si heureuse pour elle ! Avec son physique, cette émission était vraiment une chance… Je suis sûre qu'elle allait devenir une star… J'espère que les ravisseurs ne vont pas leur faire de mal et s'ils m'écoutent, je leur dis : Ne brisez pas le cœur d'une mère, relâchez ma fille… et ses camarades, bien sûr. Vanessa est si sensible, si… Oh, excusez-moi, je…

Billy Rousseau : – Madame Vincent, nous comprenons votre émotion, croyez-le bien… Monsieur Fournier, vous êtes le père de Mickaël. L'avant-dernier communiqué des ravisseurs signalait que votre fils souffrait d'une légère fièvre, or selon le communiqué d'aujourd'hui « tous les otages se portent bien ». Avez-vous eu des précisions sur la santé de Mickaël ?

Monsieur Fournier (père de Mickaël) : – Heu… non… on n'en sait pas plus.

Billy Rousseau : – Mais êtes-vous préoccupés par cette fièvre ?

Monsieur Fournier : – Oui, bien sûr, on est préoccupés.

Billy Rousseau : – Mickaël n'est pas de santé fragile ?

Monsieur Fournier : – Non, non. Il est plutôt costaud.

Billy Rousseau : – Bien. En tout cas, nous espérons qu'il est à présent en bonne santé, de même que ses camarades. C'était Billy Rousseau, depuis le perron de l'Élysée.

Merci à vous, Billy.

Vous l'avez entendu, le père de l'une des otages accuse Grave Productions de « légèreté » dans le choix du site de tournage et envisage une action à leur encontre. Nous avons joint les responsables de Grave Productions pour connaître leur réaction face à cette accusation :

Philippe Dufrouc (directeur adjoint de Grave Productions) : – Nous partageons bien entendu la détresse des parents de nos six candidats et nous voulons les assurer de notre profonde sympathie. Toute l'équipe de Grave Productions est profondément affectée par ce drame. Toutefois, nous sommes convaincus de n'avoir pas agi à la légère, contrairement aux déclarations de monsieur Gardette… dont nous comprenons l'inquiétude et la colère, bien entendu, je le répète. Toutes les précautions avaient été prises, comme pour chacune des émissions que nous produisons. Le gouvernement yankongais nous avait apporté toutes les garanties de sécurité et les observateurs internationaux décrivaient la situation dans le pays comme très stable. Personne n'aurait pu prévoir qu'un groupuscule de rebelles réussisse à s'infiltrer sur l'île de Sondali qui, je vous le rappelle, est vide d'habitants et placée sous le contrôle de l'armée yankongaise qui y entretient une base permanente. Je voudrais enfin préciser que, par solidarité avec les otages, les membres de notre équipe présents sur place ont unanimement refusé de quitter Sondali. Ils tiennent à être aux côtés de ces six jeunes qu'ils ont appris à connaître et à apprécier au fil des émissions, comme tous les téléspectateurs d'ailleurs. Nous avons pu constater leur courage, leur sens de l'entraide, et leur force morale durant les épreuves d'« À vos risques et périls », et je ne doute pas que ces qualités les aideront à traverser ces heures dramatiques. Pour notre part, nous ne ménagerons aucun effort, de quelque nature que ce soit, pour contribuer à leur prochaine libération.

C'était Philippe Dufrouc de Grave Productions. Nous partons à présent en Irak où ce matin une voiture piégée a explosé devant un commissariat, faisant dix-sept morts et vingt-six blessés…

Sam (5)

« Ce Crazy Toon, pense Sam, il est vraiment cool ! » Tun vient de lui refiler une cigarette américaine et il tire dessus avec délectation.

– *Thank you*, Crazy Toon, vraiment. Si t'avais du shit, ce serait encore mieux, mais une cigarette, c'est bien.

Sam cherche ses mots en anglais et ça l'énerve, au point qu'il regrette de n'avoir pas travaillé davantage ses cours. Heureusement, Tun est patient et l'aide à finir ses phrases. Depuis une semaine qu'il vit dans la caverne, Sam a plus parlé anglais qu'en cinq années d'études, et ses efforts commencent à payer. C'est intéressant de discuter avec Tun, il est aussi bavard que curieux. Et puis, il n'y a pas grand-chose d'autre à faire dans cette foutue grotte.

– Tu sais, reprend Sam dans son anglais maladroit, c'est pas le paradis, la France, comme tu penses. Pour nous, les jeunes d'origine étrangère, c'est difficile. Pas de bonnes études, pas de bon travail. Il y a du racisme, de grosses différences : riches, pauvres ; vrais Français, Français comme ci comme ça…

– Mais si tu veux, toi, faire des études, c'est possible ? Tu peux aller à l'université ? Ou tu n'as pas le droit ? Ou pas l'argent ?

– Oui, j'ai le droit et pour l'argent il y a des… le gouvernement peut aider. Mais bon… moi, j'ai pas trop envie.

– Moi, j'ai envie, mais je ne peux pas. Mon frère aîné a été arrêté il y a quatre ans parce qu'il était secrétaire général du syndicat étudiant clandestin ; il a été condamné à vingt-neuf ans de prison pour avoir organisé une manifestation pacifique. Et aucun membre de la famille n'a désormais le droit de suivre des études. J'aurais voulu étudier le droit international et Païe, qui est mon cousin, rêvait d'être vétérinaire, mais voilà…

– Attends, dit Sam, tu veux dire que ton frère est en prison pour vingt-neuf ans, juste parce qu'il a organisé une manifestation d'étudiants ?

– Qu'est-ce que tu crois ? C'est une dictature, ici. Ils l'ont torturé en prison et depuis il est malade. Aucun médecin ne peut le voir, même mes parents n'ont pas obtenu le droit de lui rendre visite. S'il reste en prison, il va mourir, c'est sûr. C'est justement pour essayer de le tirer de là, lui et quarante-sept autres prisonniers politiques, que nous faisons ça. Tu sais, j'ai reçu une éducation bouddhiste qui condamne la violence mais, face à une telle situation, comment ne pas devenir violent ?

– Ça, je dois dire… C'est fou, quand je pense à nos manifestations du printemps… On se plaignait de la police, on trouvait qu'elle nous traitait mal… et en décembre, quand on a mis le feu dans les banlieues…

– Comment ça, le feu ?

– C'est ce que je te disais tout à l'heure : en France, il y a trop d'inégalités, des gens tout en haut, des gens tout en bas… Alors ceux qui sont en bas, les jeunes surtout, ils se sont énervés et ils ont brûlé des voitures, des écoles… J'y étais…

Sam revoit la Range Rover s'enflammer puis la halle transformée en gigantesque brasier. Tun plisse davantage encore ses yeux dans un effort pour comprendre.

– Mais pourquoi ? Vous pouvez manifester librement dans ton pays, vous pouvez voter, vous pouvez même créer votre propre parti, non ? Tu ne te rends pas compte du privilège que c'est.

C'est la première fois que Sam se fait traiter de privilégié. C'est une sensation nouvelle. Il a d'abord envie de protester mais bon… c'est sûr que la galère de Momo pour trouver du boulot, à côté de ce que vit le frère de Tun, c'est rien. C'est sûr aussi que pendant les manifs anti-CPE ceux qui se sont fait choper par les flics ont passé une nuit en prison, pas vingt-neuf ans. En même temps Tun est un bourge, ses parents sont médecins.

– Oui, bien sûr, reprend Sam, mais la démocratie ne suffit pas. En apparence tout le monde a les mêmes chances, en réalité…

Sam ne trouve plus ses mots. Il voudrait expliquer à Tun qu'en France la voie de la réussite est ouverte à tous, mais que pour certains c'est une autoroute sur laquelle on fonce sans rencontrer d'obstacles, et pour d'autres un chemin pourri comme celui qu'ils ont suivi pour arriver à cette grotte.

— Aphrodite, s'il te plaît, tu pourrais traduire un truc que je veux dire à Crazy Toon?

Aphrodite, qui s'appliquait à ses abdominaux sous la houlette énergique de Bernadette, abandonne aussitôt l'exercice et s'approche. C'est peut-être les cours de gym de Bernadette, ou alors le régime boulettes de riz sauce poisson, mais Aphrodite a perdu quelques kilos. Ça lui va bien.

Elle traduit la phrase sur l'autoroute et le chemin et ajoute en direction de Sam :

— Tu parles par métaphores, maintenant?

— Bof, dit Sam, si je me rappelle le cours de français, ce serait plutôt un cliché, non?

Il a peur d'avoir dit une bêtise, mais apparemment il a visé juste. Tant mieux. Il n'a pas envie qu'Aphrodite le prenne pour un crétin. Ils reprennent la discussion, à trois cette fois. Ils parlent de politique, de luttes sociales, de différences culturelles. Sam se sent bien. Aphrodite rit à une plaisanterie de Tun que Sam n'a pas comprise. Il la regarde : son cou légèrement tendu en arrière, les deux plis aux coins de ses lèvres… « Aphrodite te kiffe grave », a dit Vanessa. Ouais, il plaît aux filles en général. Et en général, il en profite. Mais Aphrodite, non, c'est pas du tout le genre de filles avec lesquelles il a… La dernière fois, c'était avec Laura. Elle l'avait invité à regarder un DVD chez elle… Il n'aurait pas dû penser à ça, parce que, de façon prévisible et inévitable, son corps réagit aussitôt. C'est gênant, d'autant plus qu'à présent Aphrodite le regarde. La réaction s'accentue.

— Mais, lui dit Tun, les inégalités sociales et le racisme en France empêchent-ils les gens de se mélanger ? Par exemple si toi, qui es d'une classe sociale inférieure et d'origine étrangère, tu voulais épouser Aphrodite, ce serait possible ?

Sam sent la chaleur envahir sa nuque, puis son visage. Il est sûr que le rouge doit se voir malgré son hâle. Il faut répondre quelque chose, vite, pour ne pas avoir l'air complètement idiot. Mais Aphrodite le devance.

– Oh, fait-elle avec un rire qu'elle veut désinvolte, en théorie c'est tout à fait possible, mais mon père n'apprécierait pas trop, je pense… Par contre ma mère serait ravie que je trouve quelqu'un qui veuille bien de moi… pourvu qu'il m'aime pour de bon, ajoute-t-elle en regardant à côté.

Sam s'est repris. Il dit en français :

– Imagine la tête du père d'Haudecourt si Charles lui annonçait qu'il veut se marier avec Bernadette ! Là, c'est sûr que ça coincerait !

Aphrodite sourit et traduit à Tun.

– Ah, Charles… fait Tun, lui et Bernadette, c'est bien improbable, de toute façon.

« Et Aphrodite et moi, pense Sam, ce n'est pas improbable, par hasard ? »

Aphrodite (6)

Est-ce que Sam est déjà levé ? Non, il dort. Bon, super, j'ai le temps de me débarbouiller et de me peigner avant qu'il se réveille. Qu'il ne me voie pas avec mes yeux bouffis et ma tignasse en pétard. Oui, je sais bien que ça ne change pas grand-chose, mais quand même.

Oh, Sam, pourquoi est-ce que je ne pourrais pas te plaire ? Je pensais que c'était à cause de Vanessa, mais elle a fini par avouer hier que votre histoire, c'était bidon, juste « un plan médias », comme elle dit. Du coup je la trouve nettement plus sympa. Mais c'est encore plus désolant au fond : si tu ne t'intéresses pas à moi, ce n'est pas parce que tu es amoureux ailleurs, c'est juste parce que je suis trop nulle.

Bon, voilà, tu peux te réveiller maintenant, Sam, je suis présentable.

C'est toi qui viens me parler ce matin. Moi, je me garde bien d'avoir l'air de te courir après. Je ne veux pas que tu te doutes que je pense à toi sans arrêt. Heureusement, jusque-là j'ai été discrète et personne n'a rien remarqué. J'espère que je ne vais pas roter le bol de riz sauce poisson du p'tit déj. Je n'en peux plus, de cette bouffe, depuis… Combien de temps au juste ? Dix jours, un truc comme ça. Faudra que je demande à Charles. Lui, il tient le compte des jours dans son journal.

Tu as envie qu'on continue la discussion sur un possible projet de spectacle qui te trotte dans la tête. Comme je fais du théâtre, tu penses que je peux t'aider. Tout le monde s'ennuie tellement ici, nos gardiens autant que nous… Parler, ça occupe. Moi je ne m'ennuie pas vraiment, du moment que tu es là, Sam.

J'ai passé la moitié de la nuit à chercher des idées pour toi. Je te suggère de travailler autour de l'idée de violence, à partir de ce que tu as vécu dans ta cité, mais aussi de ce que nous vivons ici et de ce que nous a raconté Tun. On réfléchit à la façon de mêler théâtre et danse, aux musiques qui colleraient avec le thème, aux différents tableaux qu'on pourrait présenter, à un fil conducteur qui relierait l'ensemble. Parfois tu te lèves et tu esquisses un mouvement. Tu es tout entier à ce que tu fais, jamais je ne t'ai vu autant à fond dans quelque chose. Sam, je crois que je t'aime pour de bon.

Ça y est, le deuxième bol de riz sauce poisson de la journée est avalé. J'ai faim. Je commence à flotter vraiment dans mon pantalon flottant, ce qui est plutôt positif. Mais j'ai faim. Sam est parti avec Tun et deux autres rebelles à la corvée d'eau. Ces derniers jours, cinq de nos gardiens ont quitté la grotte et n'ont pas réapparu ; on n'est plus « que » quinze, mais ça fait encore bien trop par rapport à la quantité d'eau dont on dispose. Je pue. On pue tous. On croirait la caverne d'un ours. Je vais aller demander à Kham la permission d'aller à la prochaine corvée d'eau pour me laver comme il faut et lessiver mes fringues. Cela dit, comme le ruisseau est à une demi-heure de marche et que ça grimpe pour remonter ici, je serai à nouveau couverte de sueur en arrivant…

Je m'ennuie quand Sam n'est pas là. Mickaël et Bernadette papotent dans un coin : j'ai l'impression que ça devient sérieux entre eux, rien à voir avec le « plan médias » foireux de Vanessa et Sam. Au moins, il n'y a plus de caméra pour fausser le jeu, ils peuvent être sincères. Vanessa s'amuse avec le chiot que Thi lui a apporté de je ne sais où. Charles prétend qu'on ne doit pas être très loin de la côte et qu'un bateau vient approvisionner nos ravisseurs. Deux fois déjà un petit groupe est parti au soir et revenu le lendemain chargé de riz et de poisson séché (parfum d'ambiance assuré). En tout cas avant-hier Thi a ramené ce chien et depuis Vanessa n'arrête pas de le tripoter. C'est drôle, c'est elle qui semble le moins s'inquiéter de notre situation. Avec cet animal dans les bras, elle a l'air aux anges. Elle m'a dit qu'elle avait toujours rêvé d'avoir un chien, mais que sa mère ne voulait pas en entendre parler. Pauvre Sondali ! (C'est comme ça qu'elle l'a appelé.) Elle ne le lâche plus et je ne sais pas si je la trouve agaçante ou attendrissante. Les deux.

Où est encore passé Charles ? Lui, au contraire, il passe son temps à ruminer sombrement et à nous faire flipper avec ses histoires de prises d'otages qui tournent mal. Il devient vraiment bizarre, il reste à l'écart la plupart du temps, on dirait qu'il nous évite. Les premiers jours, il était absolument furieux que nous ayons des conversations avec nos ravisseurs, il n'arrêtait pas de nous prendre la tête avec le syndrome de Stockholm et de répéter que nous ne devions pas « fraterniser » avec l'ennemi. Il essayait de nous convaincre qu'il fallait réfléchir à un plan d'évasion et prétendait qu'avec sa boussole il était capable de nous sortir d'ici. Puis il a changé d'attitude, en grande partie grâce à Païe, dont la gentillesse, il est vrai, amadouerait le plus récalcitrant. À présent, quand il ne ronge pas son frein dans un coin, on peut être sûr qu'il est en train de discuter avec Païe de monarchie parlementaire, de religion, ou d'autres trucs qui les branchent tous les deux.

Oh là là, cette odeur de vieux poisson est vraiment écœurante, je vais demander à Kham si je peux aller respirer un peu. Il n'y a pas de risques que je m'élance seule à travers des kilomètres de jungle, il le sait bien, aussi ne juge-t-il pas utile de me faire accompagner et surveiller par un de ses hommes. Il n'y a qu'un replat étroit devant la caverne, et tout de suite c'est la pente abrupte qui commence. Ça me donne le vertige et je n'aime pas rester là, alors je me faufile sur le sentier qui grimpe à gauche et qui conduit à un entassement de gros rochers arrondis. Là, au moins, on peut s'asseoir sans risquer de poser les fesses sur une des immondes bestioles qui pullulent sur le sol de la forêt. J'ai emporté un bouquin que Tun m'a passé ; c'est *L'Île au trésor*. Je rame un peu parce que c'est en anglais mais, vu que j'avais le film en cassette quand j'étais petite, j'arrive à suivre l'histoire. En plus, c'est vraiment une lecture appropriée aux circonstances…

Il fait chaud et moite, je transpire. J'espère que je pourrai avoir une petite bassine d'eau pour me rafraîchir en rentrant. Je m'installe sur un rocher à peu près confortable, mais un bruit de voix étouffées me fait lever le nez. Il y a quelqu'un pas loin. Il me semble reconnaître le rire hoquetant de Charles. Je n'ai pas tellement envie de lire, finalement. Je vais aller voir. Je commence à faire le tour des rochers.

– Hé, Charles, c'est toi ?

Les voix s'éteignent brusquement.

– Charles ?

Il est là, debout au pied d'un rocher, sur un petit coin herbeux. Païest là aussi, assis par terre. Charles est rouge, sa chemisette est boutonnée de travers. J'ai soudain le sentiment désagréable que je n'aurais pas dû m'approcher. Il flotte dans l'air une atmosphère de gêne et de malaise.

– On discutait, me dit précipitamment Charles. Païm'enseigne les rudiments du bouddhisme. Tu… si ça t'intéresse aussi, tu… Reste donc, si tu veux.

Il s'efforce de prendre un ton amical, mais cela sonne aussi horriblement faux que les premiers essais des débutants au cours de théâtre. Il semble si embarrassé que tout à coup je comprends ce qui se passe. Merde alors ! Charles et Païta… Quelle idiote je fais ! Je ne m'en étais pas doutée le moins du monde. Quoique… maintenant… en y pensant bien… certains regards de Charles vers Sam, cette façon tantôt de l'asticoter, tantôt d'essayer de gagner ses bonnes grâces… Et les manières délicates de Païs, que je trouvais certes un peu efféminées, tout en mettant cela sur le compte du raffinement asiatique… Il faut que je m'esquive. Vite.

— Non, c'est gentil, Charles, mais je cherchais juste un endroit pour lire un peu. J'y vais, salut! *See you, Païs!*

Païs fait un petit signe de la main dans ma direction, sans me regarder.

— Bon, finalement, j'y vais aussi, bredouille Charles alors que je tourne les talons. Je rentre à la caverne, j'ai très soif.

Il est pathétique. J'aurais envie de lui dire: « Cool, Charles! Arrête de paniquer comme ça, moi je m'en fiche de ce que tu fabriques avec Païs. Chacun a le droit d'avoir ses préférences sexuelles, ça ne me dérange pas, je n'ai pas ce genre de préjugés. Alors, te fatigue pas à essayer de sauver les apparences, et assume! » Mais je suppose qu'avec sa famille vieille France, son éducation catho et ses deux grands frères modèles, ce n'est pas si facile d'assumer un truc pareil. Je devrais au moins lui laisser entendre qu'il n'a pas à s'inquiéter, que je ne dirai rien à personne, mais je ne sais pas comment m'y prendre. Alors je vais me rasseoir sur mon rocher, mais je n'arrive absolument pas à lire.

Charles.
Journal de bord (6)

Sondali. Vendredi 28 juillet. 10 heures.

C'est la dernière fois que j'écris dans ce cahier car j'ai pris une grave décision, celle de le détruire. Je viens de le relire et il n'y a rien là-dedans qui reflète vraiment le cœur de mes pensées. Ce journal, je l'ai entrepris sur une suggestion de mon père, en ayant toujours présent à l'esprit le fait qu'il le lirait à mon retour, aussi contient-il une fausse image de moi, alors à quoi bon le poursuivre ?

Si nous nous sortons de ce guêpier, je commencerai peut-être un autre journal, mais qui sera bien différent, et dans lequel je ne me sentirai pas obligé de dissimuler l'essentiel. Je me rends compte qu'on ne peut pas cacher éternellement la vérité, ni à soi-même ni aux autres. Je crois bien qu'Aphrodite a découvert hier cette vérité, mais j'espère qu'elle va garder ça pour elle. Je ne me sens pas prêt à affronter les moqueries ou la curiosité. J'éprouve une terrible angoisse dès que je commence à réfléchir à ce qui m'arrive, au point que parfois je me prends à espérer que les choses vont mal tourner et que nous allons tous y rester. Une issue tragique n'est pas impossible : il y a déjà dix jours que nous sommes aux mains des rebelles et les négociations n'ont pas l'air d'avoir progressé, d'après ce que m'a confié Païr. Lui et ses compagnons redoutent chaque jour davantage une intervention de l'armée yankongaise. Un hélico a survolé la zone il y a deux jours et Kham semble très inquiet depuis. La mort ne me fait pas peur, au point où j'en suis.

Sam (6)

« Putain, ça fouette, pense Sam. Font chier à nous empester comme ça tous les matins avec leur tambouille ! » Il tousse un coup et se redresse sur sa natte. À mi-distance entre l'ouverture de la grotte et la « chambre », la silhouette d'un rebelle s'active autour du réchaud à alcool et l'odeur écœurante du poisson envahit la caverne. À côté de la marmite fumante, Charles découpe soigneusement des bandes de papier qu'il approche l'une après l'autre de la flamme puis écrase sous son pied quand elles se sont consumées. Il a entrepris hier de brûler son fichu cahier, mais comme on ne peut pas faire de feu de peur que la fumée ne trahisse la position du camp, il en est réduit à l'éliminer par petits bouts.

« Tenir un journal, c'est vraiment un truc de meuf », pense Sam. Lui, quand il a envie de raconter ce qu'il a sur la patate, il va voir ses potes. Et si c'est vraiment trop intime, il le garde pour lui, et voilà. Là, par exemple, si Kader se pointait, il lui parlerait peut-être d'Aphrodite. Ou peut-être pas. Les histoires de filles, il aime bien s'en vanter, mais Aphrodite, c'est différent. D'abord, il n'y a pas de quoi se vanter, vu qu'il n'a rien fait avec. Et puis c'est un peu compliqué. Aphrodite, c'est pas une bombe dans le genre Vanessa, ou même Laura, c'est vrai, mais elle lui plaît pourtant. Il a toujours préféré les filles épanouies aux sauterelles, il doit tenir ça de son père qui répétait toujours qu'une femme maigre, c'est comme un désert sans dunes. Il n'arrive pas à savoir pourtant s'il est vraiment amoureux. D'habitude, avec les filles, il la joue mec cool qui garde ses distances : tu t'accroches, je me casse. De toute façon dans son quartier, si tu montres des sentiments, tu te fais trop charrier. Ici, c'est différent. Il peut discuter des heures avec Aphrodite sans se taper l'affiche. D'ailleurs, c'est la première fois qu'il parle autant avec une fille. Ensemble, ils ont trouvé plein d'idées pour un spectacle qu'ils pourraient monter en rentrant en France.

Oui, mais… quand est-ce qu'on rentre ? Sam commence à en avoir plein le dos de Sondali, des flambeaux, des hibiscus, de la corvée d'eau et de la tambouille au poisson séché. Quand il pense qu'il était si content d'avoir été retenu au casting… Il y avait la perspective des dix mille euros, bien sûr, mais en fait, c'était surtout l'idée qu'enfin il allait leur montrer à tous qui il était. Tu parles, y avait pas de quoi se la péter, pourtant : « le Commando Hibiscus »… des bouffons, oui, et lui le premier. Les producteurs se sont bien foutus d'eux ; ils se sont régalés de leurs petites faiblesses, leurs petites rivalités, leurs petits jeux de séduction, et puis, quand les ennuis sont arrivés, ils les ont laissés tomber. Merde, comment ils vont sortir de là, maintenant ? Si ça continue, ils vont péter les plombs. Charles a déjà commencé, on dirait. Depuis des jours il ne parle à personne, et maintenant le voilà qui crame son précieux journal. Il va devenir complètement ouf si ça continue. Vanessa passe son temps à tripoter ce petit clebs et à jouer aux cartes, on dirait qu'elle retombe en enfance. Quant à Mickaël et Bernadette, ils sont dans leur bulle et n'ont pas l'air de se préoccuper de ce qui se passe autour d'eux. Ah oui, il est beau le Commando Hibiscus ! Heureusement qu'il y a Aphrodite.

La voilà justement qui arrive de dehors. Elle a son pantalon bouffant et un T-shirt rose qui découvre ses épaules rondes et dorées et la naissance de sa poitrine. Sam croise son regard. Il lui sourit. Les yeux bruns d'Aphrodite semblent rayonner tout à coup d'une douce chaleur. Sam se sent rougir et espère que dans la pénombre ça ne se voit pas. Aphrodite s'approche.

– Tu fais encore la grasse matinée ?

– La grasse matinée, je voudrais bien ! J'en ai marre de leur natte pourrie qui tue le dos. Et encore, pas de matelas, ça passe ; le pire, c'est de pas avoir d'oreiller… Pourquoi tu ris ?

– Je pense à un truc que me disait mon grand-père : « Une femme maigre, c'est comme un lit sans oreillers ». C'était censé me remonter le moral quand je déprimais à cause de mon physique.

– Mais arrête, avec ton physique ! Moi, en tout cas, j'aime pas les lits sans oreillers… ni les déserts sans dunes.

– Quoi ?

133

— Laisse tomber. Assieds-toi, plutôt… non, là, tu vas voir.

Aphrodite s'installe au bord de la natte et Sam pose la tête sur ses cuisses confortables.

— Et voilà, je l'ai trouvé, mon oreiller, fait-il.

C'est supposé être dit en blaguant. Il y a un silence. Il sent la main d'Aphrodite se poser sur ses cheveux, légère, et commencer à jouer avec ses boucles, devenues désordonnées au fil des semaines. Il ferme les yeux. Dans sa tête ça tourne, comme un head spin au ralenti qui n'en finirait pas.

Réunion chez
Grave Productions (4)

J'ai une très mauvaise nouvelle à vous annoncer… Comment, Sandra ? Mais non, ils n'ont pas décidé d'exécuter les otages, ne soyez pas ridicule et laissez-moi finir ! Le ministère vient de nous intimer l'ordre d'évacuer notre équipe d'ici demain. Le gouvernement de Bamay exige apparemment notre départ immédiat de Sondali. Il paraît que notre présence gêne le bon déroulement des négociations… Oui, je sais, c'est stupide, mais c'est comme ça. Croyez-moi, j'ai tout fait pour éviter ça, j'ai même parlé ce matin au conseiller personnel du ministre, mais il s'est montré intraitable et même plutôt désagréable.

C'est vraiment dommage, le prime hebdomadaire a battu les records d'audience et, depuis ce pic, le flash quotidien en direct de 20 h 50 n'a jamais fait moins de 35 %. Heureusement l'émission de ce soir est déjà en boîte, mais les tournages à Sondali, c'est fini. Cela dit, si cette histoire doit s'éterniser des mois, il est clair qu'on n'aura plus grand-chose à montrer. Ce qui m'enrage, c'est que Gardette a convaincu les parents de ne plus accorder la moindre interview à la chaîne. Quel connard, celui-là ! Quand je pense que c'est pour lui faire plaisir que j'avais pris sa fille dans le casting !… Quoi, j'avais dit que « ce serait bien d'avoir une grosse » ? Écoutez, Sandra, arrêtez de m'interrompre, vous voulez bien, surtout pour sortir des trucs sans rapport avec le sujet…

Bon, j'en étais où ? Ah oui, si la situation traîne en longueur, on aura du mal à maintenir l'intérêt. Ça fait déjà onze jours qu'on réussit à faire l'émission sans nos candidats, ça tient du prodige ! Mais si ça doit se terminer vite, ce sera trop râlant de n'être pas sur place pour filmer les premiers la libération du groupe.

Quoi encore, Sandra ? Si ça tournait mal ? Est-ce que j'aurais le cœur d'envoyer une équipe filmer leurs cadavres ? Mais enfin, arrêtez de dramatiser, c'est de la sensiblerie mal placée ! Il n'y a aucune raison d'envisager le pire. Et si par malheur ça arrivait, notre boulot, c'est d'informer le public, non ? On est les médias, quoi ! Ce serait terrible, bien sûr, mais on devrait faire notre devoir et ne rien cacher aux téléspectateurs… Sandra ? Enfin, Sandra, où allez-vous ? La réunion n'est pas… Elle est partie ! Je rêve, là ! Qu'est-ce qui lui prend à celle-là ? Son mec l'a plaquée, ou quoi ? Enfin… reprenons, si vous voulez bien.

Nous allons voir comment poursuivre l'émission à partir d'ici. On a déjà des pistes : Mathieu a dégotté un camarade de classe de Bernadette et une voisine de Sam qui sont prêts à nous faire quelques décla-rations ; de son côté, Lucie est en train de négocier l'achat d'un bout de film amateur tourné pendant une fête scoute, où on voit Charles déguisé en sauvage. Le type est un tocard, il marcherait pour cinq mille, on va dire oui, ça peut être marrant.

D'autres idées?

Du sang et des larmes

Charles regarde d'un air songeur les petits débris de papier calcinés voleter à ses pieds. Ils s'effritent, impalpables, en un puzzle que seule une main de fée pourrait reconstituer. Charles pense sans doute : « Voilà ce qui reste de nos pseudo-aventures télévisuelles », ou alors « Voilà ce qui reste de mes certitudes passées ». À côté de lui, Sadhu vide avec appétit son bol de riz, tout en discutant avec trois autres rebelles. Près de l'entrée, Bernadette et Mickaël font leur séance quotidienne d'abdominaux, parfois interrompue par des fous rires qu'ils ne partagent avec personne. Vanessa natte ses cheveux serré pour dissimuler le fait qu'ils sont sales, tout en agaçant du pied le chiot qui tente de s'endormir. Kham et Tun, assis dehors, une carte de l'île déployée devant eux, discutent âprement sous l'œil de Païet Thi.

Mais l'événement le plus intéressant se joue dans la pénombre, au fond de la caverne : Sam, allongé sur la natte, la tête posée sur les cuisses d'Aphrodite, réalise qu'il n'a qu'un geste à faire pour l'attirer à lui et l'embrasser. Une seule idée l'arrête : il vient de se réveiller et il ne s'est pas lavé les dents. Il hésite. Il va peut-être se décider quand un cri venu de l'extérieur, aussitôt couvert par un vacarme assourdissant, fait sursauter les occupants de la caverne. Il s'ensuit de la part de ces derniers des réactions plus ou moins vives. Thi se dresse d'un bond en hurlant : « Bajo ! » mais Kham l'empêche de se précipiter en direction de l'endroit où Bajo, leur compagnon, montait la garde. Sadhu s'est immobilisé, la bouche ouverte, et ses doigts lâchent la boulette de riz qu'il s'apprêtait à enfourner. Tun pousse sans ménagement Bernadette, Vanessa et Mickaël vers le fond de la caverne, en leur hurlant quelque chose qu'ils ne comprennent pas d'abord. Enfin Charles saisit le sens des mots qu'a criés Tun : « L'armée ! L'armée attaque ! » Les jeunes Français sont abasourdis, et certains des rebelles ne valent guère mieux.

Mais déjà Kham traîne en direction de l'entrée le tronc qui servait de banc, les caisses, les paniers, tout ce qui est dispersé dans la caverne. Cela fait un rempart ridicule, haut d'à peine quatre-vingts centimètres, et qui ne barre qu'à moitié l'ouverture. Un fusil à la main, Païse précipite vers les otages qui sont debout au fond de la grotte. Un instant, Sam pense qu'il veut les descendre, mais Paï se contente de crier « *Lie down, lie down !* » avant d'aller se jeter à plat ventre derrière la frêle barricade de l'entrée, où sont déjà postés une demi-douzaine d'hommes.

— Qu'est-ce qu'il a dit ? gémit Vanessa.

— Couchez-vous, traduit Aphrodite.

Elle ne s'est même pas rendu compte que Sam s'est instinctivement placé devant elle. Mickaël serre

Bernadette dans ses bras. Vanessa serre son petit chien. Charles serre les dents.

– Ben oui, merde, couchez-vous, fait Sam, ça risque d'être chaud.

Des cris résonnent autour de la grotte, puis des coups de feu éclatent. Vanessa hurle, le chien aussi, Aphrodite enfouit sa tête dans le cou de Sam pour ne plus rien voir. Mickaël, la tête rentrée dans les épaules, écrase contre lui Bernadette et répète :

– Mais qu'ils se rendent, putain, qu'ils se rendent, ces cons ! Tun, Paï
, stop, stop, rendez-vous !

Charles tente de garder les yeux ouverts malgré les déflagrations qui l'obligent à cligner des paupières.

L'approche de la caverne est malaisée, en raison de la forte pente, et les assaillants n'ont pas la tâche facile. Ils doivent attaquer de côté et leurs tirs ne peuvent balayer l'entrée de la grotte. Pourtant un rebelle s'écroule, puis un autre.

– Paï
! hurle Charles. Paï
!

– Charles, qu'est-ce que tu fais, putain, reste ici ! Charles !

– Mais il est ouf ! Charles, reviens !

Mais Charles n'écoute ni Mickaël ni Sam. Il court, plié en deux, vers l'endroit où est tombé Paï
. Il se penche en tremblant vers le visage ensanglanté, quand une secousse violente le projette en arrière.

– Charles est touché, crie Bernadette.

Vanessa sanglote à présent, le nez dans la four-rure du chien.

– Quel con, grogne Sam. J'y vais.

– Noooon, Sam ! hurle Aphrodite en s'agrippant à son épaule.

Sam se dégage de son étreinte et se met à ramper en longeant la paroi.

– Putain, calmez-vous, les filles, lance Mickaël. Je vais avec toi, Sam.

Il a lâché Bernadette et se glisse lui aussi vers l'entrée. « C'est pas vrai, c'est pas vrai », pense Sam en avançant. La caverne résonne si fort que l'intérieur de son cerveau n'est plus que bruit. Charles est couché sur le dos, il se tient l'épaule. Du sang filtre entre ses doigts et son visage a pris une teinte grisâtre. Allongé près de lui, Païe ne bouge pas : il a un côté de la tête en bouillie.

– Putain, Charles, tu m'entends, ça va ?

L'accent de Mickaël, avec sa rondeur ensoleillée, sonne bizarrement. Charles a un brusque haut-le-cœur, il se tourne vers Sam et lui vomit quasiment au nez. Sam sent son estomac se contracter et la nausée monter. Mais déjà Mickaël a empoigné le blessé par son épaule valide et le remorque à sa suite. Sam voudrait l'aider, mais par où attraper Charles tout en restant à plat ventre ? Soudain quelque chose lui brûle la joue : il y porte la main, il saigne. La tête lui tourne une seconde, avant qu'il réalise que ce n'est qu'une petite coupure : une balle a dû le frôler, à moins qu'un éclat de rocher lui ait entaillé la peau. Il s'apprête à reprendre sa reptation vers le fond moins exposé de la caverne quand il croit percevoir à travers les déflagrations un gémissement qui ressemble à son nom. Il tourne un peu la tête : Tun est là, couché à deux mètres de lui, le visage grimaçant.

– *Sam, help me, please!*

La voix de Tun est déformée par l'angoisse. Sam

142

lui saisit la main, l'attire à lui, le traîne. Tun essaie de l'aider en gémissant. « Il doit être salement blessé, peut-être ne faudrait-il pas le bouger ? » pense Sam. Mais en même temps, il n'a pas tellement le choix. Il a l'impression qu'ils mettent des heures à franchir la dizaine de mètres qui les séparent de leurs camarades. Enfin ils atteignent le recoin où sont réfugiés les autres. Charles est assis contre la paroi. Il pleure silencieusement. Bernadette termine de lui bander tant bien que mal l'épaule avec un bout de tissu déchiré, sa chemise, probablement, puisqu'il est torse nu. Sam se redresse, ils sont derrière un repli de rocher, en principe à l'abri des tirs. Il n'ose pas se retourner vers Tun, de peur de découvrir une blessure affreuse.

– Tun, s'écrie Aphrodite. Tun est blessé !

Bernadette finit le bandage de Charles et s'approche à quatre pattes. Le visage crispé, elle observe la cuisse ensanglantée du jeune homme.

– Ça a l'air plus grave que pour Charles, souffle-t-elle. Je ne crois pas que je peux… Si l'artère est touchée…

– Oh, je t'en prie, regarde, essaie, Bernadette, crie Aphrodite, c'est Tun !

– Bon, qui m'aide à lui enlever son pantalon ? fait Bernadette d'une petite voix.

Les doigts tremblants, elle le déboutonne et Mickaël le soulève tandis que les filles font glisser le vêtement le plus doucement possible.

– Le… l'artère ne doit pas être touchée, heu… à mon avis, bafouille Bernadette, sinon ça saignerait encore plus. On dirait que la balle a traversé… et qu'elle est ressortie, mais je ne sais pas si l'os…

143

Tun se met à parler fébrilement.

– Qu'est-ce qu'il dit ? demande Bernadette.

Aphrodite traduit :

– Il dit qu'on le laisse, que de toute façon les soldats vont tous les tuer, qu'on fasse attention à nous, que pour lui, c'est fichu.

– Mais non, ils doivent se rendre, s'écrie Mickaël. On va trouver un drapeau blanc ! Putain, c'est pas possible, ils vont tous se faire massacrer ! *Tun, you must surrender, surrender !* Avec un drapeau blanc… *with a white flag !*

Quand Tun entend ça, il a un drôle de sourire :

– C'est l'armée yankongaise, ils ne vont pas faire de prisonniers. Si on se rend, ce sera une balle dans la tête, tout de suite. Laissez-moi, vous ne pouvez rien faire !

La fusillade a diminué. Il n'y a plus qu'un rebelle qui tire encore. Un autre bruit grossit, enfle démesurément.

– Un hélicoptère, souffle Charles.

– Vite, vite, dit soudain Aphrodite. Vanessa, tu peux attraper ton sac ? Passe-le-moi, vite ! Bernadette, essaie de lui bander la cuisse comme tu peux pour arrêter le sang !

Bernadette ne se pose plus de questions. Bien que ses mains tremblent encore, elle déchire d'un geste brusque ce qui reste de la chemise de Charles et entortille prestement la bande de tissu autour de la cuisse du blessé. Pendant ce temps Aphrodite vide le sac de Vanessa, sous les yeux surpris des autres.

– Mais qu'est-ce que tu fais ? demande Vanessa d'un ton plaintif.

– On va essayer de le sortir de là, j'ai une idée !
Écoutez : d'une minute à l'autre, les soldats seront
là et d'après Tun, ils ne feront pas de quartier pour
les rebelles. Nous, ils vont sûrement nous évacuer
dans l'hélico et nous remettre à l'ambassade, alors…
il n'y a qu'à cacher Tun parmi nous !

Bernadette relève la tête.

– Mais t'es complètement folle ! Comment ça
peut marcher ?

– Pourquoi les militaires iraient-ils imaginer que
des otages essaient de sauver un de leurs ravisseurs ?
C'est tellement improbable qu'ils n'y penseront même
pas, réplique Aphrodite.

– Mais ils doivent savoir qu'on est six, proteste
Charles.

– Ils peuvent se dire qu'ils ont été mal informés
par les Français… De toute façon, ça vaut la peine
d'essayer. Nous, ils oseront quand même pas nous
fusiller, hein ? On va l'habiller en fille, ça éveillera
moins les soupçons. Il est super mince, ça passera.
Et puis il suffit que chacun de nous joue bien la
comédie.

Tout en parlant, Aphrodite a choisi un long
jupon bleu.

– Aphrodite a raison, on doit tenter le coup, dit
Sam. On peut sauver la vie à Crazy Toon. Mais faut
se grouiller !

– OK, Tun, dit Aphrodite, écoute bien ce qu'on
va faire.

Pendant qu'elle lui explique le plan, Aphrodite
lui enfile le jupon avec l'aide de Bernadette et
Mickaël. Vanessa semble alors se réveiller : sans un

mot, elle colle son chien sur les genoux de Charles et entreprend de draper un long foulard rose sur la tête de Tun.

— Mickaël, dit Aphrodite, tu es le plus costaud, tu le porteras dans tes bras en essayant de faire gaffe à ce qu'on ne voie pas son visage.

— Je me mettrai à côté, intervient Sam, comme pour l'aider, et je me démerderai pour que personne ne s'approche de trop près.

— Attendez, dit Vanessa, je vais lui mettre aussi mes sandales dorées, parce que ses pieds, ils les verront.

Bernadette sursaute.

— Tu avais apporté des sandales dorées ? Pour faire la marche à travers la jungle ?

— N'empêche que ça va servir, tu vois !

Aphrodite observe le résultat d'un œil appréciateur.

— Oui, les sandales, c'est très bien. Le costume, c'est la moitié du personnage, comme dit ma prof de théâtre.

Tun s'est laissé faire, il a l'air près de tourner de l'œil. Soudain, tous prennent conscience d'un changement : le silence est revenu. Cela ne dure pas. Une masse d'hommes en uniforme de combat envahit l'entrée de la grotte en criant. Bernadette, qui a ramassé à terre un linge blanc (une petite culotte de Vanessa en l'occurrence), le brandit bien haut. Mickaël soulève Tun et le plaque contre lui. Vanessa lève les bras, Aphrodite l'imite.

Aphrodite (7)

Ça va pas marcher, ça va pas marcher. Bon, je me calme. Il faut que chacun joue bien son rôle. C'est comme au théâtre, il s'agit de créer l'illusion, c'est tout. Je me sens stupide, les bras en l'air, j'ai l'impression de jouer dans un mauvais film de guerre.

– Il faut qu'on ait l'air pitoyable, je souffle aux autres, et affolé.

C'est idiot de leur dire ça : ON A l'air pitoyable et affolé.

Il y a de l'agitation vers l'entrée, à l'endroit de la barricade, des cris. Je ne vois pas ce qui se passe. Un groupe de militaires s'approche de nous. Un qui doit être le chef, vu qu'il marche trois pas en avant des autres, nous lance :

– *You* OK *?*

Je suis l'interprète officielle, je dois y aller. Je baisse lentement les bras.

– *Yes, yes, we're* OK.

Nous sommes serrés les uns contre les autres. Bernadette soutient Charles, Sam et Vanessa se sont collés devant Mickaël.

— Quelqu'un blessé ? fait le militaire dans un anglais sommaire.

— Non… oui, un garçon avec une petite blessure, pas grave. Et une fille faible, fatiguée, mais c'est bon, on est tous OK.

J'ajoute « *Thank you* », mais le type s'est déjà retourné vers ses hommes et donne des ordres.

— *You go helicopter, quickly!* nous lance-t-il.

Les soldats s'approchent de nous. L'un d'eux fait mine de vouloir aider Mickaël à porter sa charge, mais Sam s'interpose.

— *No, no, girlfriend, love*, dit-il au soldat.

Même si le Yankongais ne parle pas l'anglais, la mimique de Sam est si expressive qu'il semble comprendre. Il n'insiste pas et échange avec Sam un sourire entendu.

On nous conduit vers la sortie. Au passage, j'entraperçois plusieurs corps allongés côte à côte. J'ai le temps de reconnaître le visage sombre de Sadhu, yeux fermés, et le jean noir de Païe, dont il était si fier… Dehors, dans la lumière crue qui m'aveugle, je distingue Kham et Thi à genoux ; des soldats pointent leurs armes sur eux. Thi pleure en silence, Kham a un bras couvert de sang. À côté, un autre rebelle se tord en gémissant sur le sol et une flaque sombre s'élargit sous lui. Cette scène, je la vois en un éclair et la tête me tourne. J'ai l'impression que nous titubons, mais les soldats nous pressent. Le chemin grimpe, une sueur glacée me coule entre les seins. Je me retourne vers Mickaël : il avance, les mâchoires serrées, penché sur son fardeau. Sam le soutient. On entend tourner au loin le moteur de l'hélicoptère et puis, tout à coup, trois détonations, espacées de quelques secondes, et qui viennent de la caverne. Un drôle de goût m'envahit la bouche. Tun avait raison, il n'y aura pas de prisonniers. Le chemin monte toujours. Mickaël souffle bruyamment derrière moi.

Enfin, ça y est, l'hélico est devant nous, dans une espèce de clairière. Jusque-là les militaires ne se sont aperçus de rien, je n'arrive pas à croire que mon plan fonctionne. Pourvu qu'ils ne nous examinent pas un par un avant de nous faire monter à bord.

– Ça va être auche ! jette Sam. Bernadette, Mickaël et moi, on va hisser le Crazy Toon à bord. Amusez-les un peu, ces bouffons, qu'ils viennent pas fourrer leur nez trop près.

Avec autorité, il écarte un soldat qui s'avançait pour les aider. Quel culot il a ! Le soldat veut protester, mais Vanessa lui brandit le petit chien sous le nez… C'est pas vrai ? Elle a emporté le chien ? Je ne m'en étais pas aperçue. Vanessa demande avec force mimiques suppliantes si elle peut faire monter sa bestiole à bord. Trois soldats sont maintenant autour d'elle et lui font signe que oui avec de grands sourires. Dans leur dos, Sam et Bernadette aident Mickaël à faire disparaître Tun à l'intérieur de l'appareil. Puis Vanessa grimpe à leur suite et un soldat lui fait passer le chien, avant de nous aider à monter, Charles et moi. J'ai les jambes tellement flageolantes que j'ai bien besoin d'un coup de main. Une fois la porte fermée, l'intérieur de l'hélico est sombre. Tant mieux. Mickaël s'est installé au fond, Tun toujours serré contre sa poitrine. On décolle, on quitte cette fichue île. J'ai envie de vomir. Je ne dois pas repenser à ce que j'ai vu dans la grotte, tout à l'heure. Je ne dois pas penser aux yeux fermés de Sadhu, à l'immobilité de Païï, aux larmes de Thi, à la flaque sombre sous le corps tordu de douleur, aux trois détonations… Je m'accroche du regard au visage de Sam pour ne pas sombrer. Il a les yeux dans le vide, la bouche crispée, il soutient les jambes de Tun. Juste avant cette horreur, il avait posé sa tête sur mes genoux, et je caressais ses cheveux. J'avais l'impression d'être au seuil d'un monde merveilleux, un monde dont j'avais cherché l'entrée longtemps et que je devinais là, devant moi… Il suffisait que je me laisse glisser doucement en avant… Et puis tout s'est brisé avec le cri de la sentinelle et la première rafale. Merde, j'ai trop envie de vomir.

— Merde, dit Sam, j'ai l'impression qu'un de ces bouffons commence à trouver notre blessé chelou.

Un des quatre soldats qui nous escortent observe en effet avec attention la forme que Mickaël serre dans ses bras. Bernadette délaisse aussitôt Charles, qu'elle réconfortait, pour réajuster le foulard rose autour de la tête de Tun. Son intervention est assez maladroite et le soldat se penche vers son voisin.

— Ooooh! fait alors Vanessa.

Elle tient son chien à bout de bras et regarde d'un air horrifié la large tache humide qui s'étale sur son T-shirt mauve. Comment peut-elle se préoccuper de ça en un moment pareil? Je lui fais remarquer :

— Mais Vanessa, ça fait une heure qu'il t'a pissé dessus! On était encore dans la grotte!

Elle me jette un coup d'œil excédé.

— Oui, je sais, merci! Tiens le chien!

150

Elle se redresse et me le colle dans les bras. Ah, je n'en veux pas, moi, de cette bête pisseuse ! Mais qu'est-ce qu'elle fait ? La voilà qui ôte son T-shirt avec une grimace de dégoût, révélant un soutien-gorge en dentelle noire digne d'un sex-shop. Elle est folle ou quoi ? On la regarde, stupéfaits, et soudain, je comprends : c'est ce qu'elle voulait, que tous les yeux se braquent sur elle, les yeux des soldats, surtout. De ce côté, l'objectif est pleinement atteint, j'avoue. Les quatre hommes sont comme hypnotisés. Ils fixent avec une expression idiote la main de Vanessa qui, munie du T-shirt roulé en boule, frotte délicatement son ventre.

– *Please, water, please !* demande-t-elle en se penchant vers le soldat suspicieux.

Sa longue natte blonde frôle le visage du gars. Si ça continue, il va exploser. Vanessa fait le geste de boire et le soldat farfouille à sa ceinture pour en décrocher une gourde. Elle entreprend alors de se rincer. Quel numéro ! Dans le rôle de l'allumeuse, elle est parfaite, il faut le reconnaître.

J'échange des regards furtifs avec les autres et je devine sur leurs lèvres un petit sourire réprimé. Seul Charles garde les yeux baissés. Son torse est agité de légers frissons, ses mains pendent entre ses genoux comme deux chiffons. Le pauvre ! Avoir vu Païr mourir sous ses yeux, ça a dû être atroce pour lui. Il a dit quelque chose à travers ses larmes, dans la caverne, à propos d'une horrible blessure à la tête… Je revois le sourire de Sadhu ce matin, dans son visage sombre, et Païr discutant au soleil avec Kham… Et à présent… C'est peut-être le syndrome de Stockholm, comme dirait Charles, mais j'ai mal en pensant qu'ils sont morts. Leur combat était juste, même si nous nous sommes trouvés là au mauvais moment.

L'hélico amorce la descente. Est-ce qu'on va réussir à tirer Tun de ce guêpier ? Je n'en peux plus, les autres aussi ont l'air épuisés et en même temps tendus à craquer, figés dans le silence et l'immobilité. Seule Vanessa semble vivante : toujours en soutien-gorge, elle taquine le chiot et continue d'accaparer l'attention des soldats. Je cherche le regard de Sam. Je voudrais lui demander si ça va, mais je n'ai pas la force de crier pour couvrir le bruit du moteur, alors je me contente de lui faire un petit sourire qui doit être bien pathétique, si j'en juge par le regard compatissant qu'il me jette en retour. Est-il trop tard pour nous deux ? L'occasion fugitive qui nous a été donnée est-elle perdue à jamais ?

On descend. On touche terre.

France Info flash.
En direct de l'aéroport de Bamay

Nous rejoignons à présent Claude Chambon, notre envoyé spécial à Bamay, qui se trouve précisément à l'aéroport militaire où l'ambassadeur de France s'apprête à accueillir les six jeunes otages. Claude, vous êtes là ?

– Oui, Jean-Christophe, bonjour. Il est 14 h 40 ici, à l'aéroport militaire de Bamay, et je me trouve en effet aux côtés de Son Excellence, qui est venu accompagné d'une équipe médicale et de quatre membres des forces de sécurité de l'ambassade. Il y a moins d'une heure, les autorités françaises ont été informées qu'une intervention militaire avait conduit à la libération des otages et elles ont immédiatement exigé que les jeunes otages leur soient confiés dès leur arrivée sur le continent. Le gouvernement yankongais y était au départ très opposé, et il n'en a finalement accepté le principe qu'à la condition que la délégation française serait réduite au maximum. Nos confrères de la télévision n'ont pas été autorisés

153

à pénétrer dans l'enceinte de l'aéroport et je n'aurais moi-même jamais obtenu l'autorisation d'être présent sur les lieux sans l'intervention de Son Excellence, vers lequel je me tourne à présent :

Excellence, merci de nous avoir permis d'être là pour permettre aux auditeurs français de vivre en direct ce moment si émouvant, qui met fin à douze jours d'angoisse. Mais avant toute autre chose, pouvez-vous nous rassurer quant aux jeunes otages ? Sont-ils tous sains et saufs ?

— Je pense être en mesure de vous assurer que oui. Le haut commandement yankongais m'a affirmé que nos jeunes compatriotes étaient saufs. L'un d'entre eux cependant aurait été légèrement blessé lors de l'assaut, un des garçons, semble-t-il, et une jeune fille serait assez faible, mais leurs vies ne sont pas en danger.

— Savez-vous comment l'intervention militaire s'est déroulée ? Les rebelles ont-ils opposé une résistance ?

— Je n'ai aucune information à ce sujet ; ce que je peux vous dire, c'est que nos six otages sont à bord de l'hélicoptère et que le gouvernement yankongais qualifie l'opération de « réussite totale ».

— Excellence, vous avez eu quelques difficultés, semble-t-il, à faire admettre aux autorités yankongaises le principe de la prise en charge immédiate des otages par la France… Pourquoi le gouvernement de Bamay ne voulait-il pas vous remettre les otages directement ?

— Écoutez, il s'agit d'un point délicat qui a été négocié ces derniers jours entre Paris et Bamay.

Apparemment, les autorités yankongaises auraient aimé interroger les otages avant de les placer sous notre protection. Mais la France a été très ferme : que la libération des otages intervienne à l'issue de négociations ou d'une action militaire, comme cela a finalement été le cas, il nous paraissait impensable de les laisser entre les mains des forces de sécurité yankongaises, ne serait-ce que quelques heures. N'oublions pas, de surcroît, que quatre de ces jeunes gens sont mineurs.

– Que pensez-vous de la façon dont l'armée yankongaise a mis fin à cette prise d'otages ?

– En tant que diplomate, j'aurais bien évidemment préféré que cette affaire ait pu se régler par le biais de négociations plutôt que par l'intervention des forces armées. Mais l'essentiel est que nos otages aient été libérés et je salue l'efficacité de l'opération menée par l'armée yankongaise… Ah, excusez-moi, je vois que l'hélicoptère s'apprête à atterrir…

– Excellence, merci. Vous venez de l'entendre, les six jeunes gens sont hors de danger et vont d'ici quelques minutes être pris en charge par la délégation française conduite par monsieur l'ambassadeur. L'hélicoptère descend, un détachement de soldats prend position sur le tarmac. Le général Fong, chef des forces de sécurité, est paraît-il là en personne pour accueillir nos jeunes compatriotes à leur descente de l'appareil… Ça y est, l'hélicoptère s'est posé. De là où nous sommes, nous distinguons la porte, qui va bientôt s'ouvrir. Les soldats yankongais se dirigent vers l'appareil, ils vont aider les otages à débarquer. Pour notre part, nous ne pouvons approcher car la délégation française n'a pas obtenu l'autorisation de pénétrer sur la piste et doit rester devant le bâtiment administratif, à environ cent mètres de l'endroit où s'est posé l'hélicoptère… Ah, la porte s'ouvre, quelqu'un descend, on ne distingue pas qui c'est… si, c'est un militaire… mais derrière lui, oui, c'est un des otages. C'est un garçon… Charles, je pense… oui, je vois ses cheveux blonds, et là c'est Bernadette qui le rejoint. Il s'appuie sur elle, ce pourrait être lui le blessé dont parlait monsieur l'ambassadeur tout à l'heure. Un militaire s'approche pour leur serrer la main. Peut-être le général Fong. Oui, monsieur l'ambassadeur me confirme qu'il s'agit bien du général. Mais Charles et Bernadette ne s'arrêtent pas, ils ignorent le général et continuent d'avancer vers nous, assez lentement. Ah, quelqu'un d'autre apparaît, un garçon… Vu sa carrure, ce doit être Mickaël. Il se retourne vers l'intérieur de l'appareil, il semble attraper un paquet. Non, ce n'est pas un paquet, c'est une des filles, il la porte dans ses bras, c'est la jeune fille malade, je suppose… Je distingue une jupe bleue et un foulard rose, mais impossible de voir s'il s'agit de Vanessa ou d'Aphrodite. Un autre garçon saute à terre : Sam, donc… Oh, il écarte assez brutalement deux militaires qui arrivaient avec un brancard. Pourquoi fait-il ça ? Il y a un peu de confusion. Une jeune fille émerge à son tour de l'appareil, elle est brune, c'est forcément Aphrodite, et celle que porte Mickaël est donc Vanessa. Un soldat aide Aphrodite à descendre. Nos six otages sont à présent à terre. Le général Fong s'adresse à Mickaël qui tient toujours Vanessa dans ses bras. Mais… mais… que se passe-t-il ? Une autre jeune fille vient de sauter à bas de l'hélicoptère, je vois nettement ses cheveux blonds, c'est Vanessa ! Qui donc est la malade, alors ? Voilà Vanessa qui suit Aphrodite, toutes deux se plantent devant le général et lui serrent la main. On dirait qu'il y a de l'agitation… Un début de bousculade… Il y a un problème ! Je ne sais pas ce qui se passe… Mickaël se détache du groupe, suivi par quelques soldats qui tentent de l'entourer. Les autres otages s'interposent, cela prend presque des allures de bagarre… Bernadette, qui était déjà à mi-chemin, lâche Charles et repart en courant vers le groupe. Cela tourne mal, que se passe-t-il ? Monsieur l'ambassadeur vient de donner l'ordre aux gendarmes français d'intervenir… Ils foncent au pas de course vers les otages. Mickaël s'est mis lui aussi à courir dans notre direction, aussi vite que le lui permet son fardeau. Les trois filles sont derrière lui, elles courent en se tenant la main. Sam est le dernier, il avance à reculons, faisant face aux soldats yankongais qui semblent hésiter à suivre le mouvement… Ça y est, nos quatre gendarmes les ont rejoints, tandis que Charles arrive près de nous.

Charles, Charles, peux-tu nous dire ce qui se passe ? Qui est la quatrième fille ? Heu… oui, excusez-moi, monsieur l'ambassadeur… Oui, bien sûr… Charles est blessé à l'épaule, il doit être pris en charge par l'équipe médicale, il semble choqué et n'est pas en état de nous répondre… Ah, le reste du groupe approche, encadré par les gendarmes, nous allons enfin savoir qui est cette mystérieuse septième otage… Oh, je dois m'interrompre, on me fait signe : nous devons évacuer l'aéroport très vite, semble-t-il… C'était Claude Chambon, pour France Info, en direct de Bamay. À vous le st…

Sam (7)

« P'tain, c'était vraiment auche ! » pense Sam. Et puis, juste après, il pense : « Waouh, un vrai lit, c'est trop d'la balle, j'avais oublié comme c'est confortable, presque trop mou, en fait. »

Quelle journée d'enfer. On dirait qu'elle a duré un siècle. C'était ce matin, oui, ce matin même, la fusillade dans la grotte. Quels salauds, ces militaires yankongais ! Ils ont vraiment agi à la barbare. Sam sent l'angoisse le reprendre tandis que le visage de Païِ revient le hanter, avec cette bouillie rouge sur un côté… Il en a pourtant passé des heures, sur la Playstation de Sylvain, à mitrailler des mecs et à pousser des cris de victoire chaque fois qu'une éclaboussure de sang envahissait l'écran ; il imagine qu'il aura du mal désormais à trouver ça distrayant. Bon, ne pas s'arrêter à ces images, zapper sur la suite…

Ils ont quand même super bien assuré, pour Crazy Toon. Grâce à Aphrodite. C'était une idée de ouf, mais une idée géniale. Et la façon dont Vanessa a ambiancé les types dans l'hélico !… Par contre le gradé à casquette, à l'arrivée, a bien failli les coincer. Heureusement qu'Aphrodite a réussi à détourner son attention un instant, le temps que Mickaël, en bon pilier de rugby qu'il est, fonce dans le tas et trouve une ouverture. Sam se revoit marchant à reculons, les yeux braqués sur les soldats comme pour les empêcher d'avancer : ce n'était pas vraiment du courage, au fond il trouvait plus facile de regarder les mecs en face que de détaler en leur tournant le dos. Puis il a jeté un bref coup d'œil par-dessus son épaule et il a vu les gendarmes français. Si on lui avait dit qu'un jour il éprouverait un sentiment de gratitude et de soulagement extrême en voyant arriver des keufs, il ne l'aurait pas cru, et pourtant…

Après, c'était plus cool. Waouh, la tête de l'ambassadeur dans le minibus quand ils lui ont présenté Crazy Toon ! Pauvre homme, il a pris l'air super emmerdé et s'est mis à parler d'« incident diplomatique », de « rupture des relations bilatérales », de « grave crise politique ». Sam a fini par dire :

— Vous voulez quand même pas qu'on le balance par la portière, maintenant ?

Aphrodite a eu un rire nerveux et l'ambassadeur un silence gêné.

Le soir, tout le monde s'était un peu calmé et l'ambassadeur leur a assuré qu'il allait faire son possible pour négocier une discrète évacuation de Tun vers la France. « Mais est-ce qu'on peut faire confiance à ce genre de type ? » se demande Sam. Il y a si peu de gens à qui l'on peut faire confiance. Les gens de Grave Productions, par exemple. Quand Charles a demandé à l'ambassadeur : « Et au fait, pour les autres commandos, il s'est passé quoi ? » l'ambassadeur a ouvert de grands yeux : « Les autres commandos ?

Quels autres commandos ? » Il avait l'air de penser que la blessure de Charles lui brouillait un peu la cervelle.

Charles, ça l'avait toujours obsédé, l'idée de ces autres équipes qui risquaient de doubler le Commando Hibiscus au poteau.

– Eh bien, les autres commandos qui participaient à l'émission… nos rivaux, quoi ! a fait Charles comme s'il s'adressait à un simple d'esprit.

L'ambassadeur, il est vrai, avait l'air assez désorienté.

– Mais… il n'y avait pas d'autres commandos, a-t-il fini par répondre. Vous étiez les seuls !… Vous l'ignoriez, c'est vrai.

Alors là, on est tombés des nues, même Bernadette qui croyait connaître le dessous des cartes. Charles était si ulcéré par cette ultime trahison qu'il en a lâché une grossièreté :

– Les salauds ! Ils se sont bien foutus de nous ! Mais pourquoi ?

– Je suppose, a dit monsieur l'ambassadeur, qu'ils voulaient vous inciter à vous surpasser, en vous faisant croire que vous étiez en compétition avec d'autres équipes, vous mettre la pression, comme on dit. Et vous masquer l'enjeu réel du test, qui reposait moins sur vos performances que sur votre capacité à rester solidaires. Les téléspectateurs devaient décider à la fin de la série d'émissions si oui ou non vous méritiez d'empocher la récompense.

« On s'est fait manipuler encore plus qu'on ne croyait, pense Sam. Bernadette avec son double jeu, Vanessa avec son "plan médias" et moi qui

161

m'imaginais être plus malin que tout le monde… on n'était que des pantins ridicules ! » Cela paraît si dérisoire après ce qui vient de se passer. Alors qu'eux faisaient les clowns pour distraire de leur ennui insondable des gens avachis devant leur télé, Tun, Païe, Sadhu et les autres mettaient leur vie en jeu pour combattre l'injustice. Sam ne pourra plus penser le monde de la même façon désormais.

Mais cinq minutes après, la tête enfouie dans l'oreiller moelleux, il ne pense plus à rien.

Charles.
Journal de bord (7)

Nancy. Lundi 29 janvier 2007. 23 heures.

Cela fait cinq mois aujourd'hui, cinq mois que j'ai brûlé mon journal de bord dans la grotte de Sondali, et j'ai choisi cette date anniversaire pour commencer un nouveau cahier.

Cet après-midi, après les cours, j'ai fait un détour par la chapelle du lycée et j'ai allumé une bougie pour Paï. Ça n'est pas si absurde : devant les autels bouddhistes aussi, on allume des bougies. Une petite flamme qui brûle pour dire « je ne t'oublie pas », c'est quelque chose que tout être humain comprend, par-delà les différences de culture et de religion.

C'est sans doute une coïncidence, mais ce matin, j'ai reçu des nouvelles de Sam. Lui et Aphrodite m'envoient une invitation pour un spectacle qu'ils préparent, un mélange de théâtre et de danse intitulé « À tout casser ». Ce sera en mars, avant les vacances de Pâques, et j'ai bien l'intention d'y aller. J'ai très envie de les revoir.

Je dois admettre que je considère Sam comme le garçon le plus séduisant que j'aie rencontré. Païou, c'était différent. Je ne peux pas m'empêcher d'envier Aphrodite, qui a su apparemment l'accrocher pour de bon. Ça nous a tous surpris, cette histoire entre eux, sauf Vanessa, qui est beaucoup plus fine mouche qu'elle n'en a l'air, finalement. Ça m'a fait un choc, je dois dire, quand je suis tombé sur eux en train de s'embrasser dans les jardins de l'ambassade. Aphrodite a sursauté, l'air très gêné, mais Sam, lui, a pris comme d'habitude les choses en plaisantant. Je me souviens qu'il a dit quelque chose du style :

— Charles, mon pote, t'as vraiment l'art de débarquer au bon moment ! Tu casses un peu l'ambiance, là, tu vois ?

J'ai fait demi-tour et je me suis enfui vers la maison. J'avais les nerfs si secoués à l'époque que j'ai sangloté pendant des heures, comme ça ne m'était jamais arrivé depuis ma petite enfance. Mais on était tous perturbés. Quand on est arrivés en France, ils nous ont placés à l'hôpital, en observation, pour nous permettre de récupérer et pour nous mettre à l'abri des médias, aussi. C'est là que j'ai eu la chance de tomber sur un psy vraiment bien, le Dr Delarue, qui m'a beaucoup aidé. Heureusement, car sinon j'aurais eu du mal à gérer le retour en France, avec la frénésie qui s'est déchaînée autour de nous.

Il y avait des pressions terribles pour qu'on donne des interviews, qu'on participe à des émissions… Le père d'Aphrodite et la mère de Vanessa, en particulier, nous poussaient pour qu'on vende nos témoignages au plus grand nombre de médias possible et qu'on fasse monter les enchères. Les autres parents, y compris les miens, nous ont au contraire soutenus quand on a décidé qu'on n'accorderait qu'une seule entrevue à la presse écrite, et une à la télé. Comme a dit Sam, on s'était suffisamment « tapé l'affiche » avec cette histoire, et on avait vraiment besoin qu'on nous laisse en paix. Cette longue interview qu'on a faite nous a de toute façon rapporté un maximum d'argent, grâce à l'avocat du père d'Aphrodite, qui a négocié au mieux l'exclusivité et les photos. Ajouté aux vingt mille euros que Grave Productions s'est senti obligé de nous verser à chacun, ça nous a fait un bon paquet et ça nous a permis d'ouvrir un compte en banque assez bien fourni au nom de Tun, de quoi l'aider pendant quelques années, le temps qu'il soit à même de se débrouiller.

Je dois dire que pour Tun, tout le monde a donné un fameux coup de pouce, depuis l'ambassadeur jusqu'au type du ministère de l'Intérieur qui lui a refilé un visa d'étudiant sans faire d'histoires. Tun aurait préféré être considéré comme réfugié politique, mais on lui a fait comprendre que sur le plan des relations diplomatiques franco-yankongaises, c'était à éviter. Il aurait préféré aussi qu'on ne raconte pas que c'était lui qui nous avait mis à l'abri durant l'assaut et que nous lui devions d'avoir la vie sauve, mais je pense que cette version de l'affaire (largement diffusée par Sam) n'a pas été pour rien dans l'obtention rapide de ses papiers.

Cependant, ceux qui ont le plus fait pour Tun, ce sont les parents de Mickaël. Quand il a été question de lui chercher un hébergement à sa sortie de l'hôpital et que chacun de nous a envisagé la possibilité de l'accueillir chez lui le temps de sa convalescence, c'est finalement les Fournier qui ont accepté. Ils ont débarrassé l'ancienne chambre de leur fille de ses affaires et y ont installé Tun. À présent, il est parfaitement guéri, mais il n'est pas question qu'ils le laissent s'en aller. Ils ont fini par trouver autre chose que l'option « télé-canapé » pour oublier leur chagrin. Mickaël ne s'attendait pas à ça, ni à ce qu'ils fassent un si bon accueil à Bernadette. Il m'avait confié qu'il était un peu inquiet à ce sujet, mais ça s'est très bien passé. Comme la mère de Mickaël est infirmière, ça a tout de suite accroché avec Bernadette.

J'imagine la tête de mon père si je ramenais une personne noire à la maison… sauf que moi, en plus, ce serait un garçon. Maman s'en doute, je pense, mais je n'ai pas encore trouvé le courage d'en parler à quelqu'un d'autre qu'au Dr Delarue. Je lui dirai peut-être le jour où je rencontrerai un type bien. En attendant, ce journal peut m'aider, je l'espère.

Bon, demain j'ai contrôle de géo et il faut que j'assure. Je vais essayer de dormir.

« À tout casser »

Dans la grande salle du centre culturel Arletty, à Valmières-sur-Seine, les applaudissements et les bravos s'éteignent, tandis que monte le brouhaha des spectateurs quittant leur place. Cachés par le rideau de scène qui vient de se fermer, Sam et Aphrodite tombent dans les bras l'un de l'autre, épuisés et hilares : le spectacle a été un grand succès, même si le public composé en bonne partie de copains leur était acquis d'avance. Autour d'eux, la troupe des danseurs, acteurs et musiciens se laisse aller à l'euphorie de l'après-représentation : les filles s'embrassent en poussant des cris aigus, les garçons se claquent les mains, on rit et parle en même temps en dégringolant vers les vestiaires.

— P'tain, mec, t'as trop assuré, là…

— Waouh, c'était trop court ! Toutes ces répéts et c'est déjà fini !

Devant les loges, Mickaël, Bernadette, Tun, Charles, Vanessa et son copain Rémi attendent les artistes.

— Franchement, dit Vanessa, ils m'ont épatée. C'était super, non ? Hein, Rémi ? Aphrodite joue trop bien : quand elle s'aperçoit que le gars est mort, j'avais les larmes qui coulaient, je vous jure. Et la scène de baston… trop stylée !

— Et toi, ça t'a plu, Tun ? demande Bernadette.

— Oui, je n'ai pas tout compris très bien les paroles, mais je trouve la façon qu'ils parlent de la violence très intéressante.

— La façon « dont » ils parlent… le corrige Charles.

— Les voilà, crie Vanessa. Sam, Aphrodite ! Bravo !

Elle se jette sur eux et les embrassades durent un bon moment.

— Attendez, fait Sam, ma famille est là, faut quand même que je leur parle.

La famille Hassani s'approche au grand complet, mais les salutations sont à peine commencées que la mère d'Aphrodite déboule, suivie de son ex-mari, et il faut tout reprendre à zéro.

— Sophie n'a pas pu venir, elle est désolée ; la baby-sitter nous a fait faux bond, glisse le père d'Aphrodite à sa fille. Mais moi, j'ai trouvé ça très bien, vraiment… Écoute, là, je dois filer, mais on en reparle plus longuement la prochaine fois que tu viens à la maison. D'accord ? Encore bravo !

— C'est ça, papa, bonsoir. La bise à Sophie et aux garçons.

— Pfff, ton père… soupire la mère d'Aphrodite. Toujours pareil, un vrai courant d'air : ça m'enrhume rien que de le voir ! Bon, mais qu'il file, hein ! Oh, ma chérie, c'était formidable, et toi tu as été absolument magnifique… Si, si, magnifique, c'est le mot ! Ah, tu es une artiste, une créative, comme moi, sauf que moi je me suis toujours trop dispersée…

168

N'est-ce pas, madame Hassani, qu'ils étaient magnifiques, nos enfants ? Vous êtes fière, hein ?

– Ah oui, dit la mère de Sam, je suis très fière. Il m'a fait faire du souci, l'an dernier, et son frère Mohamed aussi, mais à présent, grâce à Dieu, ils sont sérieux tous les deux. Mohamed a trouvé une bonne place et Samir, il travaille bien au lycée cette année. Les professeurs ont dit qu'il passera en terminale sans problème cette fois. Parce que la danse, c'est bien beau, mais l'école, c'est le plus important.

– Ah, vous croyez ? Oui, oui, fait vaguement la mère d'Aphrodite, mais l'art, quand même… Bon, ma chérie, je dois y aller, parce que c'est Nathalie qui m'a trimballée en voiture et je ne voudrais pas la faire attendre. Tu rentres comment, toi ? Des copains te ramènent ? Bonne fin de soirée, alors !

Un peu plus tard, l'ex-Commando Hibiscus, augmenté de Tun, de Rémi, et de quelques copains, s'empiffre gaillardement de couscous à L'Étoile de Marrakech. Seule Vanessa chipote.

– T'aimes pas le couscous ? demande Sam.

– Si, mais je surveille ma ligne. Le mois prochain je fais la campagne pour les jeans Cheap and Chic, j'ai intérêt à pas grossir.

– Tu es vraiment mannequin, alors ? questionne Bernadette.

– Mouais, non, pas vraiment. Je suis trop petite pour les défilés, mais j'ai fait quelques pubs.

– Oui, je t'ai vue à la télé, s'écrie Mickaël. C'était pour un savon, un truc comme ça.

– Oui, le déodorant soi-disant à la fleur d'hibiscus, rigole Vanessa. Hé… « Tous ensemble sur l'île… Hibiscus ! »

Les cinq autres se mettent à hurler à l'unisson leur chant de guerre, avant de s'étouffer de rire.

– Ce qu'on a pu être cons, quand même, dit Sam.

– Bref, reprend Vanessa, les pubs ça durera ce que ça durera, alors j'en profite pour mettre de l'argent de côté parce que maintenant que Rémi et moi on a pris un appart, il faut que je fasse bouillir la marmite en attendant qu'il finisse ses études de paysagiste et qu'il trouve un boulot. Je suis tellement contente de plus être chez mes parents, surtout que ma mère ne voulait pas que je garde le chien… Si vous le voyiez, il est gros comme ça !… Et toi, Charles, t'as fait quoi avec ton fric ? Tu l'as filé aux bonnes œuvres comme tu disais ?

Charles se trouble un peu.

– En fait… je me suis payé un portable assez perfectionné, un ordinateur, et quelques vêtements aussi.

– C'est vrai que t'es classe, rien que de la marque, ça te change de la tenue short-chemisette kaki ! Mais le reste ?

– J'en ai placé une partie sur les conseils de mon père et j'en ai donné à… à une association qui s'occupe d'exilés politiques yankongais en Europe et aux États-Unis.

– Ben, mon pote, s'exclame Sam. Tu soutiens la rébellion gauchiste, maintenant ? Ça doit pas trop plaire à papa d'Haudecourt, si ?

– Mon père n'a pas à intervenir là-dessus, réplique un peu sèchement Charles. J'ai les opinions que je veux. Je suis capable de me démarquer de ma famille, figure-toi !

— Te fâche pas, Charles, s'interpose Aphrodite. Tu sais bien que Sam aime te faire marcher. En tout cas, moi je trouve que c'est très bien, ce que tu as fait.

— Je ne savais pas, dit Tun. Tu m'as déjà aidé moi, comme vous tous ici, mais c'est très généreux d'aider en plus la cause des réfugiés politiques.

— Qu'est-ce que tu veux, le syndrome de Stockholm n'en finit plus de frapper, ricane Sam. Bon, mais dis donc, Crazy Toon, t'en as pas marre d'être dans le trou perdu de Mickaël… Comment ça s'appelle déjà ton bled, Mickaël ?… Saint-Méry ! Non, Toon, sérieux, si tu restes là-bas tu vas devenir un vrai plouc !

— C'est quoi, un plouc ? demande Tun.

— C'est un mec de la campagne, un brave mec qui sent bon le foin, qui joue au rugby et qui se paume dans le RER pour venir à Valmières, style Mickaël, quoi !

— J'aime Saint-Méry, dit Tun. Et les parents de Mickaël sont des ploucs très gentils. Paris, c'est trop gris pour moi. L'an prochain j'irai étudier à Bordeaux, comme Mickaël, je préfère. Moi, le droit, et lui, sciences du sport. Mais il faut d'abord que je parle plus correctement le français.

— Tu te débrouilles déjà super bien, dit Vanessa. Hein, Rémi ?

Rémi opine.

— Mais, continue Vanessa en se tournant vers Bernadette et Mickaël, c'est pas trop dur pour vous deux, l'une à Paris, l'autre à Saint-Machin ? Moi, je pourrais pas être loin de Rémi comme ça !

– Oui, soupire Bernadette, c'est pas facile, c'est vrai. On se voit aux petites vacances, on dépense pas mal en TGV… Et puis il y a MSN : moi aussi, je me suis payé un ordi. Mais si j'ai mon bac l'an prochain comme j'espère, je pourrai aller préparer mon concours d'infirmière à Bordeaux.

Sam se lève soudain.

– Bon, c'est bien beau tout ça, mais je vous rappelle qu'on est réunis pour fêter le succès de la première coproduction Sam-Aphrodite. Nous deux, on a investi une partie de notre thune là-dedans et on voudrait savoir si vous trouvez que ça valait le coup. Oui ? Alors, on recommencera, on vous prévient. C'est une collaboration qui est partie pour durer.

Il attrape Aphrodite par le cou.

– Je t'aime, toi, tu sais, lui souffle-t-il à l'oreille tandis que les applaudissements et les cris couvrent sa voix.

Réunion chez
Grave Productions (5)

Bon, le bilan est mitigé. Ces petits cons… Oui bon, Sandra, ces petits ingrats, si vous préférez… Bref, ils nous ont fait perdre pas mal de fric en refusant de signer un deuxième contrat avec nous pour une nouvelle série d'émissions. Mais, d'un autre côté, cette histoire nous a fait un formidable coup de pub. Évidemment, on a été la cible d'attaques mesquines, mais on a l'habitude et finalement il n'y aura pas de poursuites judiciaires. On a versé suffisamment de fric aux gosses pour calmer les parents, hein ? De toute façon, on ne peut nous reprocher aucune faute réelle, on n'y est pour rien si ces guignols de militaires yankongais ont pas été capables de maintenir l'ordre chez eux. L'essentiel, c'est qu'aucun de nos candidats se soit fait tuer, là on aurait été mal.

Enfin, pour le moment je crois qu'on va abandonner le concept « À vos risques et périls ». Philippe a présenté un nouveau projet que je voudrais vous soumettre. Il me semble qu'il y a du potentiel là-dedans, qui n'a encore été exploité par personne à ma connaissance. Ça s'appellerait « En sursis » et voilà en gros le concept : on réunit des gens atteints d'une grave maladie… mais bien grave, hein, genre sida, cancer… on les colle dans une résidence médicalisée avec tous les soins possibles et on les suit, semaine après semaine…

C'est une bonne idée, non ? Sandra ?